imaginist

想象另一种可能

理
想
国

imaginist

ANDRÉS BARBA

光明共和国

[西] 安德烈斯·巴尔瓦 著

蔡学娣 译

九州出版社
JIUZHOUPRESS

献给卡梅尔

她是红土做的

我身上有两样东西不容嘲讽：野性和童真。

——保罗·高更

每当有人向我问起圣克里斯托瓦尔那三十二个失去生命的孩子时，我的回答往往因对方的年龄而异。如果对方的年龄和我相仿，我就回答说，所谓了解只不过是我们对看到的零星片段的重组。如果对方比我年轻，我就问他相不相信凶兆。他们几乎都回答不相信，好像相信凶兆就意味着轻视自由似的。我也就不再问什么，而是向他们讲述我所了解的事实，因为这是我唯一拥有的，也因为我无法说服他们相信——相信凶兆谈不上什么轻视自由，而只是不要天真地相信正义。假如我再多一分热血，或者少一分懦弱，我就会永远用同一句话来开始我的故事：几乎所有的人都有因果报应，凶兆是存在的。唉，它们当然存在了。

我抵达圣克里斯托瓦尔的那天距今已有二十二年了，那时我还是一名年轻的社会事务官员，刚刚从埃斯特皮被提拔上来。在短短几年的时间里，我已经从一个瘦削的法律硕士变成了一个新婚男人，幸福使我看起来比原来更英俊了几分。我觉得生活就是一连串简单的、容易克服的不幸，最终走向死亡，我不知道死亡简不简单，但是我知道它无法避免，所以不值得多想。那时我不知道，快乐正是如此，青春正是如此，死亡也正是如此，尽管我从根本上没有搞错，但实际上却把每一件事都搞错了。我爱上了圣克里斯托瓦尔的一位小提琴教师，她比我大三岁，有一个九岁的女儿。她们两个都叫马娅，都有着深邃的眼睛、小巧的鼻子和在我看来漂亮至极的棕色嘴唇。有时我觉得自己像是一个在秘密会议上被选中了的人，幸福地落入了她们的罗网，因此当他们提出有可能把我调去圣克里斯托瓦尔时，我马上跑去她家告诉了她，并且当场请求她嫁给我。

他们授予这个职位是因为两年前我在埃斯特

皮设计了一个原住民社区融合项目。我的想法很简单，作为示范项目卓有成效：原住民得以独享一些作物的种植权。在那个城市我们选择的作物是橙子，并且把将近五千人的供应交由原住民社区负责。项目在分配环节差点儿引起一点混乱，但是最后社区做出了反应，经过调整之后，它不再是一个融合项目，而是成功转变成了一个小型合作社，现在仍然承担着社区的大部分开支。

由于项目非常成功，所以中央政府通过基督教原住民村镇委员会联系到我，让我在圣克里斯托瓦尔市涅埃社区的三千居民中复制这个项目。他们给我提供了一栋房子，以及社会事务局的领导职位。随后马娅重回家乡那所很小的音乐学校授课。她没有明说，但是我知道能够从容自在地回到当初迫不得已离开的城市令她很兴奋。我的职位待遇还包括安排小姑娘（我一直称呼她"小姑娘"，直接跟她讲话时，叫她"姑娘"）入学，以及一份能让我们有所积蓄的薪水。还有什么可奢求的呢？我难抑喜悦之情，请求马娅给我讲讲大森林、埃莱河、圣克里斯托瓦尔的街道……在她的讲述中，我仿佛走进了一片湿热茂密的植被深处，在里面突然发现了一个天堂般的地方。或许我的想象不是很有创造性，但是谁都不能说我不乐观。

我们抵达圣克里斯托瓦尔的那天是 1993 年 4 月 13 日。空气湿热得厉害，天空万里无云。在坐着我们那辆老旧的家用面包车行进的途中，我第一次远远地见到了埃莱河浩浩荡荡的棕色河水，以及圣克里斯托瓦尔的大森林，那个密不透风的绿色怪物。我并不习惯亚热带气候，从我们离开高速公路驶上通往城市的红沙公路开始，我全身都浸泡在汗水里。从埃斯特皮出发的长途旅行（将近一千公里）所带来的晕眩让我沉浸在一种伤感的情绪之中。刚刚抵达目的地时的种种幻想，旋即被满目的贫穷打破。虽然我事先已经对那个穷地方有了心理准备，但是现实的贫穷和想象中的贫穷却还是大相径庭。我当时还不知道大森林美化了贫穷，缩短了贫穷的差距，甚至在某种程度上抹去了贫穷的痕迹。这个城市的一位市长曾经说过，圣克里斯托瓦尔的问题在于肮脏的东西距离如画的风景往往只有一步之遥。这句话千真万确。涅埃孩子们的五官非常上镜，虽然他们满身污垢，或许恰恰是因为他们满身污垢——而亚热带气候给了他们一种有些事早已命中注定的幻觉。换句话说：一个人或许可以对抗另一个人，但他不可能去对抗瀑布或者雷暴。

不过，透过车窗我也证实了另外一件事：圣克里斯托瓦尔的贫穷已经深入骨髓。各种色彩一览无余，随处可见，闪耀着迷人的光泽：森林那浓郁的绿色如同一道植物屏障般紧挨着公路，土地是明亮的红色，天空是蓝色，亮得让人只能一直眯着眼睛，埃莱河四公里宽的河水是深棕色，这一切都明白无误地告诉我，没有任何东西可以与我见所未见的这一切相媲美。

抵达市里后，我们去市政府取房子的钥匙。车上有一位工作人员陪着我们，给我们指路。快到目的地时，在距离我们不到两米的地方，我猛然看到了一只大型牧羊犬。那感觉——很可能是旅途的疲倦造成的——几乎像是幻觉，仿佛那只狗不是路过那里，而是在大街上横空出现的。我已经来不及刹车了。我用尽全力抓紧方向盘，感到双手受到猛烈的撞击，听到了那种一旦听过就永远都不会忘记的声音：肉体撞到保险杠上的声音。我们赶忙下了车。是一只狗，而且是一只母狗，伤得很重，大口地喘着气，躲避着我们的目光，就好像在为什么东西而感到羞愧。

马娅俯下身来，用手抚摸它的背，母狗摇了下尾巴，算是对这个动作的回应。我们决定马上送它去动物医院，在途中，就在那辆刚刚撞了狗的面包车上，我感觉那只流浪狗同时代表了两种相互矛盾的东西：既是一个极坏的征兆，又是一个及时的出现；既是一位欢迎我来到这座城市的朋友，又是一位带来可怕消息的使者。我觉得到达那座城市之后，就连马娅的脸都变了，一方面，变得更普通了，我从未见过这么多与她容貌相似的女人；另一方面，更难以理解的是，她的皮肤似乎更光滑更紧实了，她的目光似乎更冷峻了，但也少了几分严厉。她把那只狗放在自己的怀里，它的血开始浸湿她的裤子。小姑娘坐在后排，眼睛一直盯着那只受伤的狗。汽车每颠簸一下，它都会翻一下身，发出音乐般的呜咽。

据说，圣克里斯托瓦尔是流淌在血液里的，任何地方的人们都会用这种陈词滥调来描述自己出生的城市，但是在这里它已经到了非同一般的程度。连血液都必须去适应圣克里斯托瓦尔，改变自己的温度，屈从于大森林和河流的力量。在我看来，四公里宽的埃莱河很多时候甚至像是一条血河，那个地区某些树木的汁液颜色之深让人很难把它们当作植物。鲜血流经一切，充斥着一切。在绿色的大森林下面，在棕色的河流下面，在红色的土地下面，永远都有鲜血，一种流动的、充满一切事物的鲜血。

因此，我的命名是字面意义上的。当我们赶到动物医院时，那只狗几乎已经没有生还的希望了。把它抱出来时，我身上沾满了黏糊糊的东西，一碰到衣服便变成了黑色，散发着一种令人恶心的咸腥味。马娅坚持让他们给它的腿打上夹板，并把背上的伤口缝合，那只狗闭上了眼睛，好像已经不愿再挣扎了。我感觉到它的眼睛正在闭合的眼皮下不安地转动，就像人们做梦时一样。我试图去猜想它看到了什么，它的大脑里正重现怎样的森林流浪生活，我希望它好起来，继续活着，就好像我在那个地方的平安与否有很大程度上取决于此似的。我走到它旁边，把手放在它热乎乎的鼻子上，确信，或者说几乎是坚信它会明白我的意思，留在我们身边。

两个小时之后，那只狗已经泪眼汪汪地出现在了我们家的院子里，小姑娘给它准备了一勺米饭和一些剩菜。我们坐在一起，我让她想一个名字。她皱皱鼻子，这是她拿不定主意时常会出现的动作，然后说："莫伊拉。"这么多年过后，它仍然叫这个名字，就在离我几步远的地方打盹儿，已经成了一条躺在走廊里的老狗。莫伊拉。既然和所有的预测相反，它已经比半数家庭成员活的时间都长，那么比所有家庭成员都长寿也不是不可能。现在我才明白它带来的讯息。

每当我试图回忆在圣克里斯托瓦尔的最初几年是怎么度过的，脑海里总会回响起一首玛娅在用小提琴演奏时总会遇到问题的乐曲：海因里希·威尔海姆·恩斯特的《夏日最后的一朵玫瑰》，这是一首爱尔兰民歌，贝多芬和布里顿也曾为之谱曲，乐曲中似乎同时响起了两个事实：一方面是略带伤感的旋律，另一方面则是极其繁复的技巧展示。大森林和圣克里斯托瓦尔的对比也像是两个事实的对比：一方面是大森林极其无情、毫无人性的事实，另一方面则是一个简单的事实，也许不是那么真实，但是却更实际，我们依靠它才能活下去。

倒也不能说圣克里斯托瓦尔带给人多大的惊喜：这个拥有二十万人口的外省城市有着传统的家族（当地称之为"古老的家族"，好像家族也有古老和年轻之分似的）、错综复杂的政治和死气沉沉的亚热带气候。我适应的程度和速度都超出了预期。短短几个月过后，我就已经在像当地人一样与公职人员的逃避作风、一些政客的逍遥法外，以及那些作为制度沿袭下来的、扭曲的、完全无法解决的外省困境斗智斗勇了。除了音乐学校的课程，马娅也给圣克里斯托瓦尔的几位富家小姐授课，她们很傲慢，几乎都很漂亮。她和两三位女友重续了友谊，每次我一进家门，她们便像坟墓一样沉默不语，但是我进门之前总能听到她们的声音，一声高过一声。她们和马娅一样，都是古典音乐教师，都是涅埃人，她们曾组成弦乐三重奏乐队在本市和本省的其他城镇举办音乐会，并取得了巨大的成功，不是因为她们演奏得有多好，而是因为没有其他人举办音乐会。

那时我完全理解了许多年来我妻子性格中的一个矛盾，在我看来颇为有趣，那就是她虽然致力于古典音乐，但却认为能跳舞的音乐才是真正的音乐。古典音乐没有（无论是对于她，还是对于听她们音乐会的那些人来说）多少音乐性，更多的是垄断性。它们是由一些太过不同的大脑按照太过遥远的标准创作出来的，似乎就是为了曲高和寡，但是这并不意味着听众就不容易受其影响。马娅演奏那些乐曲时，人们全神贯注的表情就像是在听一种外语，虽有特殊魅力，却并不因此就容易理解。她那么满腔热情地演奏它，教它，从根本上说是因为她觉得它跟自己无关，无法引起自己的情感共鸣。对于马娅来说，古典音乐只发生在大脑里，而其他音乐——昆比亚、萨尔萨、梅伦格[1]——却发自身体，发自肺腑。

人们有时觉得，要抵达人类灵魂深处，必须乘坐一艘马力强劲的潜水艇，最后却发现自己正穿着潜水服试图浸入一个浴缸。在地方上也是一样。如果说小城市有什么特点的话，那就是它们看起来就像一群相似的臭虫：它们挨在一起，复

---

1 这三种都是舞曲。

制着同样的权力永动机制、同样的裙带关系圈子、同样的动力。每隔一段时间也会产生本地的小英雄：一位杰出的音乐家，一位极富革命精神的家庭法官或者一位无畏的母亲，但即便是这些小英雄，似乎也被纳入了一个机制，他们的反叛只是为了让这个机制继续存在下去。小城市的生活像节拍器一样呆板而乏味，有时很难想象那种命运可以避免，就像让太阳从西边升起。但这种事有时候就是会发生：太阳从西边升起了。

所有人都认为达科塔超市袭击事件是那些冲突的起因，但是问题在很早以前就出现了。那些孩子是从哪儿冒出来的？有关此事的最有名的纪录片是瓦莱里娅·达纳斯的《孩子们》，这个纪录片具有严重的倾向性，而不只是简单的失实，开头便是超市里血迹斑斑的画面，伴随着浮夸的画外音：那些孩子是从哪儿冒出来的？然而，这在今天仍不失为一个很好的问题。从哪儿呢？如果一个人不知道他们之前并不在那里，那么基本会以为他们一直都在大街上走来走去，头发卷曲，小脸被太阳晒得黑黝黝的，虽然蓬头垢面，却有着奇特的小小尊严。

很难说清我们的目光是在什么时候慢慢习惯他们的，或者我们最初几次见到他们时有没有感到意外。在诸多推测之中，最不荒谬的也许是维克多·科万在他在《公正报》的专栏中给出的推测，他说那些孩子是"一点一点地"来到那座城市的，一开始他们混在那些我们已经习以为常的涅埃孩子中间，在红绿灯路口卖野生兰花和柠檬。有些种类的白蚁为了融入不属于自己的环境，能够暂时改变自己的外表，换上其他种类白蚁的外表，在定居下来之后再显出它们本来的面貌。或许那些孩子，有着和昆虫一样的非语言智慧，也采取了这种策略，竭尽一切可能去模仿那些我们熟悉的涅埃孩子。但即便如此，问题依然没有得到回答：他们从哪儿来的？更重要的是，为什么他们的年龄都在九岁到十三岁之间？

最简单的（但也最缺乏依据的）观点是他们是从全省各地被拐卖来的孩子，有一个贩卖网络将他们集中到了埃莱河旁边大森林里的某个地方。这应该也不是第一次了。几年前，1989年，七个差点儿被"分销"到国内一些妓院的少女被解救，警察在大森林中的一处农庄找到她们时拍的那些照片让大家记忆犹新，那个农庄距离圣克里斯托瓦尔仅有三公里。就像生活中的一些插曲不允许我们永远保持天真，那个画面将圣克里斯托瓦尔人的意识分成了前后两部分。不仅仅是承认了一个无可辩驳的社会现实，而且这个现实所造成的羞耻已经成了集体意识的一部分，就像一些心理创伤事件潜移默化地塑造了某些家庭的性格。

因此，人们便猜测那些孩子是从一个类似"营地"的地方逃出来的，然后突然出现在了那座城市里。这个观点——我重申一下，没有任何依据——基于我们所在的省份是全国拐卖儿童第一大省这一臭名昭著的事实。但是这个观点的优点是解释了那三十二个孩子所使用的因为"无法听懂"而被认为是外语的语言。当时似乎没人理解一个简单的问题：接受这个观点，就等于认为儿童乞讨者在一夕之间增加了百分之七十。

在查看了社会事务局（我在前面已经说过，我是该局的局长）那几个月的会议记录后，我查清了儿童乞讨第一次作为当天的议题之一出现是在 1994 年 10 月 15 日，也就是说，达科塔超市袭击事件十二周之前。这就意味着——如果考虑到在圣克里斯托瓦尔，一个实际问题到达政府机关层面的速度有多慢——那些孩子至少应该是在那之前的两三个月，也就是说，在那年的 7 月或者 8 月就已经出现在了该市。

大量的孩子从大森林里的营地逃出来的观点太过自相矛盾了，所以"神奇的观点"似乎更为可信，尽管当伊塔艾特·加多干——涅埃村的代表——认定那些孩子是从河里"冒出来"的时，被大家狠狠地嘲笑了一番。不从字面上理解"冒出来"这个词的话，也许这种假设也并非完全不可信：在他们的意识之间突然产生了一种关联，致使他们聚集到了圣克里斯托瓦尔市。现在我们知道，尽管那些孩子中有一大半来自圣克里斯托瓦尔附近的城市或村镇（只有很少一部分是被拐卖的儿童），但其他的孩子却是跨越了一千多公里，从马萨亚、休纳或者南圣米格尔等城市来到那里的，实在令人费解。在尸体的身份被确认之后，我们得知有两个孩子来自首都，他们失踪的事情在几个月前就已经报告给了警方，在他们"逃离"之前，周围并没有发生任何特别可疑的事情。

非同寻常的情况总是会迫使我们用不同的逻辑进行推理。有人曾经把孩子们的出现比作椋鸟迷人的同步飞翔：多达六千只鸟的鸟群瞬间形成一片密密匝匝的云，它们能同步移动，进行一百八十度的旋转。我仍记得一个场景，出于某种原因，一直完好地保存在我的记忆里。事情发生在那些孩子来到圣克里斯托瓦尔市的那几个月里。一大早，我和马娅开车去我在市政府的办公室。因为气候炎热，圣克里斯托瓦尔的作息时间很固定，人们早上 6 点醒来，毫不夸张地说，一天的生活从黎明就开始了，办公时间从上午 7 点到下午 1 点，因为 1 点钟往往就已经炎热难耐了。在最难熬的时段里——湿季下午的 1 点到 4 点半——这个亚热带的城市无精打采，昏昏欲睡，但是在清晨，圣克里斯托瓦尔人都充满了活力，当然也不是特别夸张。马娅那天早上跟我一起出门是因为她要去音乐学校办些事情，到达市中心入口的红绿灯时，我们看到一群十到十二岁的孩子在乞讨。他们既像又不像平常见到的那些孩子。与那些简单直接、面带哀怨乞讨的孩子不同，这些孩子明显带着一种近乎贵族气质的高傲。马娅想在汽车储物箱里找几个硬币，但是没有找到。其中一个孩子开始盯着我看。他的眼白闪着极冷的光，脸上的污垢与那种冷光形成的巨大反差让我一时间竟不知道该说什么好。信号灯变绿时，我发现我的脚一直放在油门上，仿佛怕来不及离开那里似的。离开之前，我最后一次回过头去看他。猝不及防地，那个孩子冲我露出了一个微笑。

是什么奥秘使得我们的经历聚焦于一些画面而不是另外一些呢？承认记忆就像味觉一样任性也许会让人感到安慰，就像是我们的味觉决定了我们喜欢肉而不是海鲜那样，我们的记忆对于回忆的选择同样具有偶然性，然而，某种东西让我们相信，包括这种偶然，或者更确切地说，特别是这种偶然，都是一个应该被弄清楚的答案，而这个答案绝不是偶然的。那个孩子的微笑扰乱了我的心，因为我确信我们之间早就存在着某种关联，从我这里开始的某种东西，在他那里达到了终结。

随着岁月的流逝，我证实了在红绿灯路口的那种相遇在圣克里斯托瓦尔居民中间实际上是一种很普遍的经历。如果被问到，所有的人都能讲出即使不完全相同但也很相似的经历。孩子们恰好在你注视他们的那一刻转过身来，或者在你想到他们的时候出现，可能是真实的出现，也可能是进入你梦境的幻影，但是第二天他们就会等在你梦见他们的那个地方……说到底，这种事情或许也不是那么难以解释，当某人注视我们、跟我们讲话，或者只是想到我们的时候，我们难免会转身看向这种关注的源头。那些孩子——当时他们的数量有限，所以没有引起注意——开始在圣克里斯托瓦尔市活动，就像一种能量的载体，我们都在不知不觉地关注着他们。

社会事务局，特别是我，曾多次被指责没有预料到会发生这种问题。在这里讨论这种"拿着星期三的报纸谈论星期一的事"的国民特点确实不太合适，但也没必要说，冲突才发生了两三个月，该市还不足以配备大量的儿童乞讨专家和宣传常识的人。那些在达科塔超市遇袭之后想要让警察上街巡逻的人突然变成了温和的禅师，用对待罪犯的激烈口吻，指责我们没有"足够迅速地采取行动"。

换作是人生的其他阶段，我或许早就为自己辩护了。现在，我承认他们的说法有一定的道理，但是即便如此，那些人说的在当时"足够迅速地采取行动"又是什么意思呢？直接把那些孩子都关进孤儿院，警告市民，引发对几个此前除了挨饿和无家可归没有任何不文明表现的孩子的敌意？

有的事情比我们想象中更快、更容易发生：冲突、事故、恋爱，还有习惯。那段时间我每天早上都陪小姑娘去学校，我们每天都做一个小游戏。那个游戏是如此简略，在我们之间发生得那么自然，以至于我以为它会一直这样持续下去，等到她长大了，我们还会这么玩，她走在我前面时，脖子弯成一个奇怪的弧度，而我走在前面时，可以听见身后她的脚步声。也许这个游戏最有趣的地方恰恰在于那根本不是在做游戏，而是在对方目光之下的感觉。那个游戏的内容就是默不作声地超越对方，先是我，然后是她，然后又是我，直到我们到达学校。走在前面的人与后面的人保持几秒钟的距离，然后放慢脚步，让后面的人超过自己。我们中的某个人时不时地会扮演一下其他人，一个因为上班快要迟到而表情夸张地看着手表匆匆赶路的男人，一个蹦蹦跳跳、吹着口哨的小女孩，一个假装追捕她的警察，但是大多数时候我们只是比平时走得稍快一些的我们自己。

奇怪的是，等待小姑娘迈着小小的步子超过我的那些时刻，竟然让我觉得很重要。我感觉到了我对小姑娘的爱——或者说类似于爱的那种小小的不信任和刻意的关注——就像是我与马娅的关系的反面，这种关系虽然也是爱，但是缺乏仪式和期待。如果说我爱马娅是因为我无法深入她的思想深处，那么我对小姑娘的爱则来自那种几乎违背我们心愿的重复，来自我们一起创造的那个空间。

与她学校的其他家长不同，我不是我女儿的生父，这在我们两个到达学校的时候可以看得出来：我们不仅相貌不同，分别的时候话也不多，还有些不好意思。有些东西我现在明白了，但是当时并不懂，相像根本不是家庭关系的基础。在一个想成为真正的父亲的成年人和一个想成为真正的女儿的小女孩之间，相貌不同不会——像通常所认为的那样——落入不幸的命运，这个世界上既有很多相貌相似却不和睦的家庭，也有很多看上去很不一样却很幸福的家庭。

在马娅进入我的生活之前，孩子对我来说就是一种我需要发明和它的关系的生物。我不相信那些泛泛地声称自己喜欢或者不喜欢孩子的人，因为连我自己——在跟孩子交往方面一直存在一定的困难——都曾有过很多这样的经历：在遇到某个孩子的瞬间产生了喜爱之情。我更喜欢沉思的孩子和笨拙的孩子，反感那些喜欢担当主角的孩子、讨人喜欢的孩子和话多的孩子（我一直讨厌成人身上的孩子气和孩子身上的成人气），但是我坚持多年的对于儿童的偏见却在一个真实的孩子闯入我生活的刹那间烟消云散。

小姑娘与那些引发冲突的孩子有一个共同的

特点：怀疑自己对周围东西的所有权。也许这看起来是一个不太重要的证据，其实不然。通常，如果是在一个还算公正的环境中长大，那么孩子就会知道自己是周围一切理所应当的继承人，父母的汽车自然就是他的汽车，房子也是他的房子，等等。一个小男孩不会去偷父母的餐叉，这太荒唐了，因为那个叉子本来就属于他。一个小女孩不会在父母不在的时候拿走他们的衣服穿着玩。占有是儿童意识中的一种纯粹的事实，一种用来筛选现实的分类方式。那些引发冲突的孩子，那些我们开始每天见到他们守候在街道红绿灯之间，或者几个一小堆躺在埃莱河边睡觉，待到夜幕降临就从城里消失的男孩和女孩，和我女儿有着共同的认知——和那些"正常"的孩子不同——他们不是任何东西的合法继承者。因为他们不是合法继承者，所以他们只好抢。

这个词我特意换了字体。正如不久前我听市政府的一位同事所说的："发生冲突是因为在那些年里我们只容许自己低声地思考。""抢劫""小偷""谋杀"，我们周围充斥着这些迄今为止我们只能低声说出的词语。命名就是赋予命运，聆听则是服从。

1994 年 10 月 15 日，半月例会记录的第四条提到，议员伊莎贝尔·普兰特首次将儿童乞讨问题提交社会事务局讨论。提案中陈述了（不难猜到普兰特女士那带有民粹主义特色的繁复句法）三起在市里不同地方发生的"袭击"市民事件：第一个遇袭者是托埃多镇一家食品店的经营者，几个孩子抢走了他当天的营业收入；第二个遇袭者是一位中年女性，她在十二月十六日广场中央被人抢走了包；第三个遇袭者是索莱尔咖啡馆的服务生，他说自己遭到了"一群十二岁左右的小流氓凌辱"。女议员先陈述了事实，接着要求将孤儿院基金增加一倍，以便给予那些孩子必要的保护，然后直接指出我应该对市政当局在社会问题方面的处境负责，真是一堂生动的民粹主义逻辑课：先陈述已经失控的局势，然后提出对她来说难以实现的解决方案，最后将一切归咎于政治对手。但是如果抛开其空谈不说，普兰特女士的发言倒是很好地证明了那些孩子已经开始干扰到所有的人。

在那三十二个孩子去世一周年之际，加西亚·里韦列斯老师就冲突发表了一篇题为《守望》的随笔，其中有很长的一章专门写了童真神话。童真神话，他说，是失乐园神话的一种简化的、积极的、轻松的形式。孩子是那个袖珍宗教里的圣徒、调解者、圣女，被赋予了在成人眼中象征原始天恩的责任。但是那些已经开始悄悄占领街道的孩子与我们至今所了解的这种原始天恩的两种象征——我们自己的孩子和涅埃的孩子——并无多少相似之处。涅埃的孩子确实脏兮兮的，没有受过教育，他们确实很穷，目光短浅的圣克里斯托瓦尔社会认定他们无可救药，但是他们的原住民身份不仅淡化了，而且从某种程度上掩盖了这种状态。虽然在我们看来他们很可怜，很邋遢，经常感染病毒性疾病，但是我们早已对他们的状况产生了免疫力。我们可以平静地从他们那里买一朵兰花或者一小袋柠檬：那些孩子很穷、没有文化，就像大森林是绿的，土地是红的，埃莱河里有着成吨的淤泥一样。

至于其他方面，我们也说不上有什么明显的特点。圣克里斯托瓦尔在九十年代中期与外省任何一座大城市都没有太大的区别，它是地区的经济中心，种植茶叶和柑橘，进入了一个特别繁荣的时期，小庄园主和小地产主开始自己种植，使得劳动者中产阶级略有发展。在五年的时间里，这座城市发生了变化，小企业发展繁荣，人们有了积蓄，普遍打扮起来。水电站的建造者出资修复了河道，这件大事彻底改变了城市的面貌：历史文化中心不再是休闲专区，圣克里斯托瓦尔首次开启了"面朝大河"的生活，这是我们当时的市长尤其喜欢说的附庸风雅之词。在这座崭新的城市，人们突然见到了带着孩子散步的年轻母亲、情侣和跑车，这些跑车尚未与环境融为一体，在经过为调节交通而设置的减速带时总会忘记底盘问题。孩子们，我们的孩子们，不仅是这幅配乐场景的又一个装饰品，而且在某种程度上也是这座光鲜亮丽的城市的盲角。人们如此沉浸在这种繁荣的感觉中，以至于孩子们的出现，这里指的是另外的那些孩子们，明显让人感到不适。安逸就像一件湿衬衫紧贴在思想上，只有当我们突然想做一个动作时才会发现自己受到了限制。

如果说一方面是空谈，那么另一方面则是事实。两天后我第一次目睹了诸多袭击事件中的一起。我和马娅出门散步时，在山上的小公园里遇到了他们。一共六个人，最年长的是一个十二岁左右的女孩。她旁边的长凳上坐着两个长得很像的孩子，可能是双胞胎，十岁或者十一岁左右，还有两个女孩坐在地上，好像在杀蚂蚁玩。所有的孩子都像大城市里的穷孩子那样脏兮兮的，神情也像。他们貌似心不在焉，实际上却十分警觉。我记得那个最大的女孩穿着一件胸前绣着图案——几棵树或者几朵花——的赭色连衣裙，她看了我一眼，很不屑的样子。

距离我们三十米左右的地方，我们看见一个五十岁上下的女人正提着几个购物袋穿过公园。有那么一瞬间，一切都很平静。我发觉无论是马娅还是我，都在努力面对一种感觉：某种无法避免的事情即将发生。那个最大的女孩站了起来。她一点也不邋遢，反而有一种近似于猫的洁净，身体表现出青春期之前才有的那种坦荡。她招呼了一下周围的孩子，他们全都一言不发地站起来，快速走到了那个女人身边。那个最大的女孩在她面前停住，对她说了些什么。女孩的头大概到那位女士的胸部，因此那位女士微微地弯下了腰，并且把其中一个袋子放在地上，这时其中一个较小的男孩趁机抓起袋子，撒腿便跑。

我不想将整个情形称为协同作案。它比协同作案险恶、深奥得多，是一种默契的配合。每个孩子都非常自然地在整个抢劫编排中扮演着某种角色，这种自然不是一次演练或者训练所能达到的。一个男孩或者女孩先说一句话，另外一个孩子加以补充。当那位女士发现自己的一个袋子被拿走后，她停止和那个年长女孩说话，突然转过身去，这时女孩趁机抓住女人还握在手里的袋子用力拉扯。但是那位女士表现出的抵抗力却也出人意料，不仅没让女孩把袋子抢走，而且她反抗的力气竟然大到能拖着女孩往前走。双胞胎男孩中的一个扑过去抓住她的挎包，另外一个则轻轻一跳，直接野蛮地揪住了她的头发。

可怜的女人大喊了一声。这声喊叫显然透着痛苦，但更多的是惊恐。男孩粗暴的拉扯直接将她拽倒在地上，孩子们趁她摔倒的工夫抢走了所有的东西，然后带着战利品逃走了：挎包和两个购物袋。我们赶到她身边时，她仍是一脸茫然，而不像是受了欺辱的样子。她瞪大眼睛看着我们，问道："你们看到了吗？你们看到了吗？"

从那几周开始，我们开始经常在大街上、公园里、河边，甚至历史文化中心看到那些孩子。他们通常都是三四个一群走在一起，从不一个人或者很多人在一起。他们的团伙很少是固定的，不过有两三个团伙很容易辨认：那个女孩所在的团伙就很容易识别，因为那两个长得特别像的男孩总是跟她在一起。另一个团伙由四个男孩和两个穿着及踝长裙、即将进入青春期的女孩组成。第三个团伙全部都是男孩，有一只白色的流浪狗一直跟着他们。在保存下来的那几个月的录像中，这几个团伙比较容易辨认，特别是那个带狗的团伙。在摄影师赫拉尔多·森萨纳举办的著名展览《没有价值的童年》（一个为事件的"官方说法"发声的文化产品）里的一些照片，也会让人产生有的孩子"重复出现"，有的脸庞我们都已熟悉的错觉，但是可以肯定的是，就连这一点也很难肯定。那些孩子更容易辨认的感觉可能只是我们被扰乱的意识的一种策略，目的是在实际上没有标准的地方建立标准。

但是日子一天天地过去，没有人对此多做些什么。我已经开始做涅埃社区的项目，忙得几乎不再想这件事。在某种程度上，那三十二个孩子已经开始成为我们日常现实的一部分，我们只是不时地在意想不到的情况下突然意识到有些东西已经发生了变化。举一个例子：我记得在那段时期——估计是因为我在家里发现了那本书——我晚上开始给小姑娘读《小王子》。我童年时曾饶有兴趣地读过，但是在给我女儿读的时候，我开始产生了一种自己难以理解的排斥。起初我以为是它的矫揉造作令我气愤，还有小男孩及其世界——星球、随风飘动的小围巾、狐狸、玫瑰花——的那种孤独感，直到我突然明白那是一本用心极其险恶的书，一只披着三层羊皮的狼。小王子来到一个星球，在那里遇见一只狐狸，狐狸对他说，它不能和他玩，因为它还没有"被驯服"。"驯服是什么意思？"小王子问。在绕了几个弯子之后，狐狸回答说："建立联系。""建立联系？"小王子更加惊讶地反问道。狐狸用华丽却又居心叵测的话回答道："当然，对我来说，你还只是一个小男孩，就像其他千万个小男孩一样。我不需要你。你也不需要我。但是如果你驯服了我，我们就互相需要了。"再往下几页，小王子面对一片玫瑰花田，表明自己已经记住了这套犬儒主义的说辞："你们一点也不像我的那朵玫瑰花，你们还什么都不是呢。没有人驯服过你们，你们也没有驯服过任何人。你们就像我的狐狸以前那样。那时它只是一只和千万只别的狐狸一样的狐狸。但是，我和它成了朋友，于是它现在就是世界上独一无二的了。"

我们在冲突刚开始时的天真与促使圣-埃克苏佩里写那些东西的天真何其相似，我至今仍对此感到震惊。和小王子一样，我们也曾认为我们对儿女的家庭之爱改变了他们的样子，即使蒙上眼睛，我们也能在几千个孩童的声音中辨认出他们的声音。一个相反的事实或许证明了这一点：那些逐渐占领我们街道的其他孩子是同一个男孩或者同一个女孩几乎难以区别的版本，"和其他千万个孩子相似"的孩子。我们不需要他们。他们不需要我们。对于他们，当然应该加以驯服。

然而现实是固执的，即使这样，他们仍不失为孩子。我们怎能忘记令人气愤的事情正是从这些孩子身上开始的呢？有一天他们竟然会抢东西。"他们以前看着多乖啊！"有些人感叹道。但是在这种感叹背后是一种人身侮辱，"他们以前看着多乖，他们欺骗了我们，这些虚伪的孩子。"他们确实是孩子，但是和我们的孩子不一样。

1994 年 11 月 3 日下午，市长胡安·曼努埃尔·索萨在会议室召集圣克里斯托瓦尔省警察局局长阿马德奥·罗克、负责未成年人法庭的家庭法官帕特里夏·加林多和我开了一个紧急会议。市长走进会议室，将一个文件夹扔在桌子上，从他失望的表情可以判断，发出的声响比他预想中要小。马娅常说，在圣克里斯托瓦尔只需要掌握五分钟的权力就可以让一个人露出专横跋扈的表情。索萨可能就是一个很好的例子：他的智商虽然还不足以构成危险，但其攻击性也不是闹着玩儿的。他有通常所谓"平民的智慧"，不知哪种更糟糕，是他的机会主义，还是他左右逢源的做法。

但是警察局长所陈述的事实却远非幻觉：两个警察曾接近一伙孩子，这些孩子在十二月十六日广场待了好几天了，曾抢劫过几个行人。其中一个警察说，那几个孩子回答问题时"用的是一种听不懂的语言"，并且在他们试图把最小的孩子带去警察局的时候袭击了他们，据他说，那个孩子大概有十岁。那个警察最初的说法是其中一个孩子抢了他的手枪，然后"随便开了一枪"，但是好几个证人的证词使得他最后承认是他自己在对抗时无意间让枪走了火。子弹穿透了他的同事维尔弗雷多·阿加兹的腹股沟，导致他在短短几分钟后就因失血过多来不及抢救而死亡。

那个警察叫卡米洛·奥尔蒂斯，二十九岁，块头有普通人两个大，正在拘留室等待对其过失杀人的司法处置。去世的维尔弗雷多·阿加兹三十八岁，有两个女儿，个人履历比误杀他的那位同事还复杂：因为受贿受到两次内部调查，在一次审讯犯人的过程中，因为滥用职权而造成严重过失。可能他不是真正无辜的人，但是现在他是一个无辜死去的人。卡米洛·奥尔蒂斯必须在法庭上解释自己毫无理由地掏出武器的问题，尽管免去坐牢似乎并不难，但是世上没有一个法官可以让他免于（最后确实如此）支付一笔巨额赔偿，并且被警察系统开除。

多亏了我们在那个会议上统一的官方口径，维尔弗雷多·阿加兹之死被当作一起执行作公务过程中无法避免的不幸事故。自然而然地，我们在任何时候都避免提及那些孩子，在公告中用几名"普通罪犯"取而代之。在命运的巧合之下，著名歌唱家妮娜也在同一天下午去世，她的去世吸引了所有媒体的关注，而维尔弗雷多·阿加兹之死不过是社会新闻报道末尾的一则简讯。

但是阿加兹的妻子似乎并不打算让事情这么轻松地过去。她的丈夫去世两天后，她带着明显的醉意，牵着两个女儿，站在市政府门口，对着市长的窗户喊了将近二十分钟的"凶手"。

我这一生中对公开展示痛苦都从来没有好感。每次不得不面对时，我都会不安地感到我的大脑封锁了我的感知，甚至封锁了我自己。我记得我母亲在医院去世时，我父亲扑到她已经没有生命的身体上大喊。我知道他一直挚爱着她，而我自己正因为痛苦而茫然，几乎说不出话来，但是即便如此，我仍不免感到整个场面非常虚假，这简直比死亡本身更令我心烦意乱。突然我失去了感觉，房间似乎更大更空旷了，在那个空间中我觉得我们所有的人都像雕像一样僵硬。我只能一遍又一遍地对自己重复："演得好，爸爸，演得真好啊，爸爸……"

看到那个女人在广场上大喊时，我也产生了类似的感觉。蓬头散发，两个快到青春期的女孩，明显的醉态……她的身上有某种极为可恶的东西，所以我甚至都不惊讶自己一点也不同情她。我透过办公室的窗户看着她，仿佛我们之间隔着一个宇宙的距离。她大喊着，但是她的叫喊毫无逻辑。她一会儿骂市长，一会儿骂卡米洛·奥尔蒂斯，卡米洛从拘留室应该都听到了。我坐下继续工作。那个女人停止了叫嚷。在一阵突如其来的安静之后，她又开始喊起来，但是喊的内容却大不一样了："是那些孩子！是那些孩子！"

非常奇怪。我之前感觉到的冷漠瞬间消失殆

尽，变成了厌恶。我的感觉就像是那个女人正在广场上大声说出一个我正在隐瞒的秘密，我在内心埋藏了数周、一直不敢说出的可耻之事。我立马从椅子上站起来，跑到阿马德奥·罗克的办公室，问他打算听任那个贱女人对着市政府喊到什么时候，警察局长惊讶地看着我。

那个贱女人。

令人奇怪的是，某些粗鲁的词汇为了与我们重逢可以等候那么多年，而它们的粗鲁在我们说出口的时候依然丝毫未减。甚至在几乎二十年后的今天，那些词汇仍然像修士一样在他们的修道院里耐心地等着来羞辱我。这是记忆的同态复仇。

两天后，维克多·科万在11月6日的《公正报》专栏中表明，自己是少数几个知道正在发生什么事情的人之一：只有像我们的市长胡安·曼努埃尔·索萨那样愚蠢的人才会到了这个时候还不相信，如果不解决大街上那些孩子的问题，灾难很快会降临。维尔弗雷多·阿加兹之死可能只是一起个别事故，但这起意外就像是一个隐喻。而隐喻是强大的：正如我们听不懂那些孩子所说的话，正如他们在晚上消失得无影无踪，仿佛不曾属于我们的世界，或者正如他们似乎没有一个明确的头领，但是显而易见，他们的出现带着某种有待破解的企图。

这一点是肯定的：他们似乎没有一个明确的头领。或许有几伙孩子有时受某几个孩子的"指挥"，但他们的行动似乎不是由某一个人策划的。有时他们聚集在市政府后面，在那里待上好几个小时，嬉笑着从草坡上往下滚，然后站起来重新开始。他们开心的时候和我们的孩子几乎没有区别。他们互相比画手势逗对方笑，或者滚下去之后马上站起来，他们总是屁股着地，引起一片欢笑。我记得我自己就有好多次露出了笑容，同时也惊讶于他们居然是我们在躲避的那些孩子，每次看见他们，我们都会改道而行或者横穿广场。我甚至觉得那些孩子身上有一种快乐和自由，在某种程度上是"正常"孩子永远都无法企及的。与我们孩子的那些中规中矩、充满禁令的游戏相比，童年在他们的游戏中展现得更为淋漓尽致。

这在今天看起来像是一个严重的疏忽，但是

在像圣克里斯托瓦尔这样的小城市里，警察工作的重点是刑事案件，而且暂时没有任何事情能证明那些孩子是罪犯。有那么两三次，警察当场撞见他们伸手偷钱，但试图抓捕时他们就马上四散而逃了。然后他们又重新聚集起来。若是看见两个不同的团伙偶然出现在同一个地方，商量一小会儿之后，一个团伙走开了，也不足为怪。假如他们是在听令行事的话，那我们看到的应该是两个小头目在达成某种协议，但是这种情况从未发生：他们商量的方式毫无章法，任意而为，好像一时都忘了他们到那里的目的，然后他们再次分开，有时甚至会交换部分成员。我记得曾经听到有人把他们的行为与生物体细胞的行为相提并论，他们都是个体，但是他们的生活完全被集体生活消耗殆尽，就像是一个蜂巢里的蜜蜂。但是如果说那些孩子的确组成了一个统一的团体，那么他们的头领在哪儿呢？如果说他们是一个蜂巢，那么谁是蜂王呢？

维克多·科万在其专栏里提到的第二件事——他们晚上是怎么消失的——同样令人不安。他指出，我们那时还不知道那三十二个孩子天色一黑便钻进了大森林。现在我们知道了，在那几个月期间他们在河边有据点，距离步道不足一公里，他们将营地沿着那条线路往里迁移了两三次，但是他们选择那些地方的原因（除了防御我们这个明显的理由）仍然不得而知。

假如我们能够听懂他们所说的话，或者说，假如他们能让我们听懂他们所说的话，是不是一切就变得简单了？这很难知道。圣克里斯托瓦尔天主教大学语言文学教授佩德罗·巴里恩托斯的一篇文章读来让人忍俊不禁，这位教授在文章中断言那些孩子讲的是涅埃语的一个亚种。那段时间，也有人说他们之间交流用的是一种新的"世界语"，甚至还有更荒唐的，这些说法现在看来很可笑，但在当时却是非常严肃地提出的，甚至带着权威的意味。

一个最不幸之处就是那些冲突留下的声音证据极少。在达科塔超市袭击事件的一些录像里能够听到他们的说话声。那声音像是鸟儿的鸣叫，几乎难以分辨，又像是在森林深处发出的嗡嗡声，但是只需闭上眼睛就能发现他们语句中的音调起伏和普通孩子谈话中的有多么相似：抱怨的语调之后是感叹，欢呼的表情之后是断然的肯定，回答之后是更进一步的追问。还有快乐，那些孩子仿佛找到了一种普通孩子难以找到的快乐的奥秘。听着那些笑声会让人产生这样一种感觉：世界只因能够制造出这样的声音而得到了某种报偿。但是我们一个词都听不懂。

那些孩子在大街上晃荡的几个月中，几乎从不跟我们说话，他们之间讲话的时候，也都是俯耳低语。举个例子，假如他们对我们说"一个硬币"，就连这个完全可以听清的词也会有一种偏离感，像是里面被打满了气。我并非语言学方面的专家，但是我一直非常奇怪的是，一些平凡的事件竟然会这么彻底地改变我们对一种语言的主观看法。有时我认为那些孩子的西班牙语也可以讲得很好，但即便是那样我们也还是听不懂，我们仍然会觉得他们在说另外一种语言。

然而，每一种象形文字都有一块罗塞塔石碑，而我们的石碑上只有名和姓。如果没有那个住在南极区的十二岁姑娘特雷莎·奥塔尼奥，人们永远也无法为圣克里斯托瓦尔的那些争吵找到一个客观的评价维度。从某种程度上来说，特雷莎那时（现在依然如此，不过原因与那时大不相同）的生活在这座城市是非常典型的。她的母亲是来自涅埃的家庭主妇，父亲是内地的乡村医生，因为名气很大所以在市中心开了一家诊所，前去就诊的人很多。她本来有可能成为一名跟着马娅上小提琴课的女学生：有教养，敏锐，虽然出身低微但是很高傲，特雷莎·奥塔尼奥在十二岁的年纪就已经表现出了某种当时刚刚冒头的唯阶级论倾向。

圣克里斯托瓦尔的中产阶级——如果为他们画个速写——让人联想到那则关于落入一只牛奶桶的三只青蛙的著名寓言：一只乐观，一只悲观，一只现实。"我不相信我会在这么小的地方淹死。"乐观的青蛙想，但是恰恰是它的淡然导致它最先沉下去淹死了。"乐观的青蛙都已经死了！"悲观的青蛙想，"我又怎么能获救呢？"它的绝望马上带它走向了死亡。但是第三只青蛙，那只现实的青蛙，一直都在挥动四肢试图摆脱困境，在同伴死去之后，它的动作越来越绝望，突然它碰到了某个坚硬的固体，于是踩着它跳了上来：在搅动下，它制出了奶油，它的现实主义（或者说它的绝望）救了它。经过几十年坚忍不拔的努力，再加上不屈不挠的精神，圣克里斯托瓦尔相当一部分中产阶级已经变成了富裕阶层：十年之前连支付平房租金都很勉强的家庭已经买得起位置比较好的地皮，并在上面建造自己的房子了。特雷莎·奥塔尼奥就属于这个阶层，无论她自己知不知道。她已经习惯了和她的女伴们一起从南极区——那时才刚刚露出成为大森林附近富人区的迹象——去圣·康塞普西翁学校上学，习惯了将略带轻蔑的眼光投向那些被母亲牵在手上卖兰花的涅埃儿童。

奥塔尼奥在二十五岁时发表了她的童年日记，那起夺走三十二个孩子生命的事故已经过去了十一年，她也已经成了一个大姑娘。日记很快便成了当地的畅销书。即使是再精明的头脑也不可能更有效地设计出如此成功的出版行为：那些冲突仍然鲜活地留在人们的心里，因此关于那一事件的任何出版物都会成为销量的保障。而且日记里还增加了一个全新的视角：一个女孩。一个女孩如何看待那些扰乱我们生活的孩子。马上就出现了类比，序言里用比杂技演员的肠子还扭曲的句子将这本书与《安妮日记》相提并论。这位奥塔尼奥小姐确实有一种天赋：在她那个年龄特有的、不可避免的幼稚之上，附加了一种不同寻常的自我意识。二十年后，再读起这些文字的时候，我会认为：小时候的我很可怕。她在书的开头几页写道，完全坦诚地对自己的日记进行了反思，这话远不是一个普通的十二岁脑瓜能够想出来的。

但是特雷莎·奥塔尼奥除了是一个敏锐的富家小姐之外，还做了一件更加不同寻常的事情：她破译了那三十二个孩子的语言密码。一切都缘于一连串美丽的巧合。那三十二个孩子中的其中几个在晚上去往大森林时经常在特雷莎家旁边，南极大街的一个街角那里汇合。实际上那个地方只是一个小站，一个碰头地点。一开始，被他们吸引的特雷莎·奥塔尼奥还只是记录下看见他们的日子，他们是三个、四个还是五个人，他们穿什么衣服，等等。她通过一些特征识别出了其中几个孩子，甚至其中一个孩子——一开始她给他起的绰号是"刘海儿"，最后称他"猫"——还让她产生了那种青春期的情愫。

按照特雷莎·奥塔尼奥日记里的说法，"猫"和那三十二个孩子中的许多人一样，总是烟不离口，带着孩子养成成人恶习时所特有的那种着魔般的痴迷。他应该是那个团伙里最年长的孩子之一，大概有十三岁。特雷莎写到了好几次他在她家门口对面的一堵围墙外吸烟，像一个迷路的外乡人。有一次，她讲述的一个场景可能会让研究性意识起源的精神分析学家乐不可支：他走到围墙那里，我听到裤子拉链拉开的声音，对着墙面撒尿的声音，以及吐痰的声音。然后他弯下腰，将额头抵在围墙上。我不相信有人会忽略这一点，特雷莎·奥塔尼奥日记的成功在很大程度上要归功于第一部分中大量此类风格的段落。和圣克里斯托瓦尔的许多孩子一样，奥塔尼奥是一个早熟的女孩，她隐约地知道虽然同为孩子，但是她和那些孩子的生活方式之间存在着割裂，她指出，这已经不仅仅是贫穷或者无依无靠的问题，而是某种铭刻在内心的（用她自己的话说）更深层的东西，和她的价值观相悖。她用稚气的语言说出了她所生活的那个社会还不能理解的话：我想得很多，但是我说得不多。对于发生在我们所有人身上的事情，你能想象得出比这个更恰当的描述吗？然后还有一处：在大街上看到他们时，我们假装他们不存在，但是他们看着我们，一言不发，就像秃鹫一样。

对于年幼的特雷莎而言，和女伴们从家到圣·康塞普西翁学校的徒步开始变成小小的冒险。今天他们从我们身边跑过，我感觉到其中一个女孩蹭到了我的胳膊，是她的头发，像是在给我挠痒痒。如此遥远，又近在咫尺。短短几周后，她说由于父母担心，她的一个女伴已经被禁止一个人上学了，这也再次证明了早在达科塔超市袭击事件之前好几个月，对那三十二个孩子的敌意就已在城里产生了明显的后果。

很难说那些威胁和诱惑哪个对我们的影响更

大。这两种事物的本质并不是完全对立的，有时几乎难以分辨。在日记里可以看出，特雷莎无法抵御那种诱惑，尽管她知道这可能会将自己置于危险之中。而且她并不总是被动的：她将中午的夹心面包留下一半，然后在回家路上从那些孩子面前走过时假装不经意地打开，她"故意"让人从院子外面看见她，在从大街上可以瞥见的地方玩耍。最终，她爱上了其中一个男孩，这也不足为奇。"猫"只是那个无形灵魂的无限浓缩而已。

也许日记中最激动人心的时刻之一是12月21日的开头，她破译了那些孩子的语言密码。但那部分的叙述需要一个简单的解释：

几天之前，那些"大街上的孩子"（那时候人们有时会这么称呼那三十二个孩子）所主导的一起事件彻底打消了这座城市友好或者漠然的心态，如果说这种心态曾经存在过的话。我们社会事务部借圣诞节来临之际举办了一次送温暖活动，那年我们想给活动增添一点"天使"色彩：我们想让那些通常由我们分发的节日必需品匿名出现在那些最困难的家庭门口。这种荒唐做法源于开会时一个纯粹出于无聊而产生的想法。或许只需有人温和地提醒一下我们并不是生活在哥本哈根就行了，但是由于并没有人提醒，而常识又总是会在最需要的时候消失，所以在12月20号晚上，以一种令当时的我们引以为傲的隐秘方式，用慈善捐款和当年的预算结余购买的超过三吨的必需品被分发到了民宅、食堂和公寓等等的门口。

那是一个恐怖的黎明。当整个城市在早上6点左右醒来时，前一天晚上精心准备的那些礼物几乎被损坏殆尽。那三十二个孩子弄坏了大米和面粉的包装，把它们扔得到处都是，食用油铁罐、牛奶瓶子都破了，罐头被打开，里面塞满了昆虫。从家去市政府的路上看到的情形简直让我怒不可遏。我家门口胡乱扔着几个零食和甜点盒子。有的盒子上有被咬过的痕迹：显然不是野兽留下的，而是孩子的牙齿和小手留下的清晰又放肆的痕迹。他们在撒出来的面粉上画上笑脸，把大米包装到处乱扔。他们甚至懒得遮掩罪行。破坏所有这些东西只是为了玩得高兴。一场名副其实的集体暴行表演。哪怕他们是吃了那些食物，或者把它们偷走留到以后再吃，那么驱动我们把东西放在那里的慈善用心也算是没有白费。但这种损人不利己的破坏就太过分了。

在那个具有决定意义的晚上，一个十二岁的女孩在自家房间里听到，他们一边谈论所发生的事情，一边等同伴到来一起回夜间的住处。按照特雷莎·奥塔尼奥日记里的说法，他们一共六人：两个女孩，四个男孩，包括"猫"。或许是因为事件所带来的兴奋，他们说话的声音比平常略大，所以特雷莎听得很清楚。一开始只是一种直觉，就像是大脑知道自己马上就要解出一道数学题了，然后那种感觉又消失了，*我听得懂，又听不懂*，特雷莎·奥塔尼奥说，接下来她又说，*他们说的是 lenguaca 吗？*

和全世界成千上万的孩子们一样，特雷莎·奥塔尼奥也创造了一种别人听不懂的暗语，用来跟同伴交流。这个暗语很简单，基本上就是在他们试图掩饰的单词的音节之间或者末尾随机地重复音节"ca"。比如，单词"lengua"（语言）可能变成"lenguaca"或者"lencagua"，单词"lápiz"

（铅笔）可能变成"lapizca"或者"lacápiz"，没有什么区别。特雷莎·奥塔尼奥和她的朋友们用这种简单的花招在课上传纸条，感觉就像是用密码传递讯息。那三十二个孩子也发明了一种类似的方法，不过要复杂得多。特雷莎·奥塔尼奥最终"听懂"了一些词汇，甚至是简单的句子，她发现他们正在议论当天早上我们的"天使"慈善计划被破坏期间发生的事情。一个男孩责备那些小孩子没有留下点什么东西，应该是指食物，小孩子们互相指责，直到其中一个开始哭起来。"猫"让那个哭的孩子马上安静下来，那个孩子回答道：我不安静，你管不着，谁都管不着。然后是更多的抱怨，最后（按照特雷莎·奥塔尼奥所声称的那样）说了一句很惊人的话：那么你希望我们一直说真话吗？

我每次重读特雷莎·奥塔尼奥"翻译"得有点令人费解的第一段对话时，都会有一种激动的感觉，就像是狗吠或者海豚的尖叫突然被人类的语言讲了出来。只要一想到再多一点点智慧和常识就能听懂那些孩子之间的交谈，我就觉得这个损失比黄金国或者金字塔的秘密更大。很明显，特雷莎·奥塔尼奥远远没有听懂全部对话，她自己编造的单词和句子填补了含义的空白，但是缝隙仍然存在。

很久以后，借助数年间陆续找到的那几小时的事故录音，社会语言学教授玛加丽塔·卡德纳斯展开了一项题为《新语言》的有趣研究，但这项研究在学术界之外并未得到应有的重视。卡德纳斯的论点很大胆，尽管有时想象多于科学，但是却站得住脚。她认为，那三十二个孩子组成的团体对一种新语言的"需要"并不是出于在另一个群体面前采用代码的需求——跟女孩特雷莎·奥塔尼奥和她的朋友们在课堂上使用暗语的目的不同，那些孩子们选择用代码的方式说话不仅仅是为了让别人听不懂——而是完全出于游戏和创造的冲动。教授认为，在新世界和新生活的背景下，那些孩子需要一种新的语言。他们需要新的词汇来命名所有尚未被命名的事物。卡德纳斯反对索绪尔关于语言符号具有任意性的理论，该理论认为词语和被命名事物之间的关系不是给定的，没有任何逻辑原因使得物品"桌子"必须被叫作"桌子",而不是——同样不是给定的——"树"或者"广场"。她认为,"那些孩子以西班牙语为基础,以编码游戏的方式创造的"语言恰恰发挥了相反的作用:它试图找到一处所在,在这里关联不再是任意的,而是给定的,这是一种神奇的语言,事物的名称由其本身的特性自然而然地产生。

当一只小鸟第一次迈着颤颤巍巍的步子走向鸟巢出口,从可能会摔死的高度跃下,它不是在对飞翔的艺术做哲学研究,而只是在飞翔:它的姿态体现了数千年的遗传信息,动作的合成在首次振翅之前就已经在大脑里完成了。显然,那三十二个孩子在用那种新语言说出第一个词之前并没有组织语言学大会。卡德纳斯的论点在这一点上立得很稳:语言正是起源于游戏,那三十二个孩子对语言的需要更多的是出于游戏的需要,而不是交流的需要。他们以西班牙语为基础,但是对它进行了辑合。他们取消了其他动词时态,只使用陈述式一般现在时。时间信息放在句末,用表示时间的词说明。按照教授的说法,"Fui a tu casa"（我去了你家）就变成了"Voy a tu casa ayer"（我去你家昨天）。如果说从结构上看，那三十二个孩子的语言是辑合性的，倾向于简化和统一，那么从词汇的角度来说，其特点却恰恰相反，倾向于创造性、混乱和多重性。

卡德纳斯认为，为了创造新词汇，那三十二个孩子有时会——和年幼的特雷莎·奥塔尼奥一样——随机重复音节，或者改变音节的顺序，比如把"tiempo"（时间）变为"potiem"，或者把"claro"（清晰）变为"rocla"，但很多时候只是凭空创造出一个新的单词，作为自己的词汇使用，这就导致一个物品可能有两三种不同的常用叫法。对于最后一组——"给定的"词汇一组——多亏了特雷莎·奥塔尼奥的日记和卡德纳斯教授的执着，我们知道了其中一些单词的含义，比如用"bloda"表示"oscuro"（黑暗）或者"noche"（夜晚），用"tram"表示"comunidad"（群体）、"familia"（家庭）和"grupo"（团队），还有"jar"表示"plaza"（广场）和"lugar de reunión"（集会的地方），"mel"表示"cielo"（天空），"galo"

表示"lucha"（斗争）和"enfrentamiento"（冲突）。毫无疑问，那三十二个孩子使用的语言尚处于最初始的阶段，连他们自己都不知道会往哪里发展。一帮当时刚聚在一起不足六个月——据我们所知——的孩子那么迅速地学会了一种新语言的代码，其中的奥秘值得单独写一本书，但是我想不到还有谁比我更缺乏做这件事的才能了。

至于那个从窗口窥探的女孩，年幼的特雷莎·奥塔尼奥，不难想象她一动不动、全神贯注的样子。在她的日记里，比她对那群"小野人"的青春期迷恋更值得一提的是她在面对无法理解的事物时那种难免的不屑。或许真正令人费解的是，那个女孩代表了当时正在产生的一种共同的感觉，那就是：即便我们经常在大街上看到他们，即便我们努力猜测他们的话是什么意思或者他们晚上藏在哪里，即便我们那么害怕他们却不敢承认，那些孩子也已经开始改变一切事物的名称了。

我曾在某个地方读到，希特勒在一战后的真正发现在于，可以帮助他实施一个疯狂的计划的，不是一个民族的愤怒和怨恨，而是一些非常细小的、几乎无关紧要的事情：人们没有私生活，男人们没有情人，也不会待在家里看书，实际上，人们时刻都在准备着参加仪式、聚会和游行。现在马娅已经去世了，我得出了这样的结论，婚姻真正的主旨就是交谈，这正是婚姻与其他人际关系的区别所在，也正是它最让人怀念的地方：所有那些琐碎的评论，从女邻居的坏脾气到一位朋友的女儿有多丑，那些没有价值也不怎么聪明的看法构成了我们亲密关系的本质，也是妻子、父亲或者朋友去世时最让我们难过的地方。

马娅去世后没几个月，我突然产生了一个疑问：我妻子隐秘的快乐是什么，她那些小小的满足和补偿又是什么。我感觉马娅的那些秘密已经和她一起逝去了，这让我非常悲痛，仿佛她全部的存在都已经浓缩成了亚原子大小。但总归还有一丝线索可以抽出来，我突然想起了她的手，以及她给学生们演示俄罗斯流派和法国流派分别应该怎样演奏乐器时的手形，取决于不同时刻的需要：准确还是情感。准确在于手臂，情感则在于手，更确切地说，在于指骨，在于手指。然后我看见了她的手指，也想起了1994年圣诞节在我们家举办的那场音乐会，以及那些小女孩。

早在认识我之前，马娅就有这个习惯：每到圣诞节都会组织所有的学生举办一场小型音乐会。每位学生根据自己的能力准备一首乐曲演奏给家人听。最后她自己也会在弦乐三重奏乐队的伴奏下献上一曲。妻子演奏时的面容总是很打动我，我感觉自己正从空中坠落，但是速度缓慢，需要精力高度集中。她那双圆润光滑的腿站得笔直，一条腿略微靠前，头抵在小提琴上，我总觉得那姿势就像是把头斜倚在一个靠垫上。乐器抵着她的脸，让她的嘴唇看上去比平时略厚一些，除了偶尔睁开扫一眼乐谱，她的眼睛一直闭着，好像音乐只有在相对黑暗的内部才能产生。

那天的音乐会是在我家的院子里举行的，按照她一贯的反圣诞精神，马娅演奏了塔尔蒂尼的《魔鬼的颤音》，她特别喜欢这首曲子，总是演奏得非常精彩。学生们已经陆续演奏完了，没有什么值得回忆的地方，轮到马娅演奏时，我发现我们的房子和大街之间的灌木丛里露出了三张小孩子的脸，两个男孩，一个女孩，大概在十到十二岁之间。他们是从栅栏下面爬过来的，头发上全是杂草，躲在树丛下面。他们像是同一个野生动物的三个版本，但是他们的五官非常清秀，所以我至今仍能清晰地记得他们。其中一个男孩的嘴巴很大，表情很丰富，另外一个男孩有一双下垂眼，还有那个女孩，是三个孩子中最年长的，长着一个矩形的脑袋，一对蒲扇似的耳朵，一副疑心极重的样子。

那时慈善物资事件刚发生不久，媒体那几天一直在给我难堪。在《民族报》的漫画栏目中，我被画成了哈梅林的花衣吹笛人，后面跟着一群衣衫褴褛的孩子。我烦透了，所以看到栅栏下面露出的那三张脏兮兮的小脸时，我把这件事当成了一种人身侮辱。我决定让马娅开始演奏，至少可以吸引其中的一个孩子。来一张牢牢抓住——不使用暴力但是牢牢地抓住——那个女孩，然后亲自把她送到圣克里斯托瓦尔少管中心的照片怎么样？这对于在节前解决问题，应该是个不错的主意。

马娅开始讲塔尔蒂尼奏鸣曲的故事。我已经听她给学生讲了几十次了。她说，塔尔蒂尼曾对拉朗德讲过此事，拉朗德把它写进了《一个法国人的意大利游记》：1713 年的一个晚上，塔尔蒂尼在一个旅店睡觉时，梦见魔鬼出现在了他的面前。在令人不安的对话之后，他把自己的灵魂卖给了魔鬼，以换取一个愿望的实现：成为一名著名的作曲家。他急切地想考验魔鬼，就把自己的小提琴递给他，让他为自己作首曲子。于是魔鬼演奏了一首非常奇妙的巴洛克奏鸣曲，塔尔蒂尼觉得自己从未听过这么美妙的曲子，他在一片强光中惊醒。片刻之后，塔尔蒂尼在烛光下——不知道自己是不是真的为了那首曲子把灵魂卖给了魔鬼，还是那只是一场梦——将他对那首旋律仅存的一点记忆记录下来，命名为《魔鬼的颤音》，一首令人惊叹的乐曲。

马娅夸张地停顿了一下。

"一个熟睡的人创作的奏鸣曲。"她又补充道。

我看到那几个孩子躲在那里皱起了眉头。他们的脸上仍然流露出某种抗拒，但他们心里的某种东西似乎已经解除了武装：魔鬼，梦，或许还有马娅那表演音乐剧般半真半假的讲故事的方式。孩子们用掌心托着小脸，紧紧地盯着她。我从椅子上站起身，靠近他们，尽量不引起他们的注意。马娅开始演奏了，我藏在一棵大树后面。从那里我可以看到那个女孩的手从灌木丛下露了出来，就像是鼹鼠的鼻子，我决定等到快板开始时便向她扑过去，用力抓住她。

一切都发生得很快，扑向她的时候，我唯一

能想到的就是我太过分了。我首先感觉到的就是那个女孩的手极小，而且特别热。它既像石头一样硬，但是又带着儿童小手的那种熟悉感，我的脑海里反复回放着出门散步时小姑娘的小手。我用力一拉，很轻松地就把她拽了出来。我不仅看到了她的脸，更看到了她张开的嘴巴，像小井一样的嘴巴。她蹬腿喊叫的力气之大，让我一度以为双手抓住的不是人，而是某种巨型昆虫。我不清楚自己抓住的是她的什么部位，应该柔软的地方却很坚硬，关节弯曲的地方也出人意料。女孩的尖叫声让人难以忍受，当我试图捂住她的嘴时，她的两个同伴扑到我身上，开始抓挠我的脸。

恐惧和思考之间存在着一种奇怪的关系，好像前者既是后者必要的抑制剂，同时又是必要的催化剂。我没有马上放开她，用一只手继续用力抓着她的手，另一只手遮住脸来保护自己。我感觉他们与其说是在挠我，不如说是在用很细的树枝抽打我。我一时失去了方向感，跌倒在地。我松开了那个女孩，片刻之后，一切都结束了。马娅走了过来。

"你还好吗？能看见我吗？"她问。

"能，怎么了？"我回答道，摸了摸眼皮，但是当我把手指凑到眼前时，却看到上面全是血。

我的伤实际上并没有看上去那么惊悚，洗过脸后，就只剩下几处抓痕了。当然，那些孩子想要把我的眼睛抠出来的感觉在那天晚上一直挥之不去，起初像是一种突如其来的念头，最后像是一场梦。跟塔尔蒂尼在旅店里所发生的一样，我也有客人来访：在梦中，三个小女孩像命运三女神一样来到我身边，用她们的小手抠出我的眼睛。我没有感到肉体上的疼痛，也没有做出任何反应，继续做梦，突然我失明了，听到了她们的声音。她们在我周围唱歌，玩耍。黑暗不再具有威胁性，而是变得亲切起来。我感到一种难以言喻的平静，仿佛她们身上的——又或许是我身上的——某种东西，使我终于再也不必解决某件令我困扰的事情了。出于某种原因，我非常乐于摆脱观看的需要，蜷缩在那个梦里，就像蜷缩在一个温暖松软的毛毯里一样。但这时，女孩们来到我身边，开始抚摸我的头，简洁的、孩子式的抚摸。

"你必须看。"她们说。

于是我睁开了眼睛。

也许达科塔超市袭击事件会发生在节日之后并不完全是偶然。悲伤的世界和快乐的世界从来没有像在圣诞节和新年的时候这么截然不同。在圣克里斯托瓦尔，没有冰冷的茅屋，蘑菇炖火鸡，也没有圣诞老人。12月的炎热更加窒闷：湿季漫长而稳定，从暴雨到闷热再到暴雨，没有区别。屋顶的木板滚烫，房子变成了桑拿浴室。温度和湿度导致办事处和服务部门办事拖沓，人们的睡眠既少又差，也就暴露出了这个地方与真正的文明之间的差距究竟有多大。只有埃莱河依然不动声色地流淌着，像是一则寓意姗姗来迟的寓言。

达科塔超市袭击事件正是在那时发生的，就

在节日刚刚过去一周后,也就是1995年1月7日。8日的报道相互矛盾,但是即便如此,还是可以通过发布的各种信息组成一个大致的画面:四个孩子一大早就出现在超市门口,这是比较正常的事情,他们进去,出来,讨要食物,然后离开。据报道,直到此时,1月7日仍然是平安无事的一天,但是那些孩子中午又回来了。根据达科塔超市经理的证词,那些孩子从来不会去而复返,而且他们回来也不是为了继续乞讨:他们坐在超市对面的停车场里,开始玩了起来。有的证人说他们年龄稍大,大概十二三岁,也有的证人说他们不是在玩耍,而是在"商量事情",或早或晚地,所有的发现最终都令人困惑地提到了一个共同点:他们没有头领,这个事实已经被我们保留下来的所有关于他们的录像、图片和文档所证实。

下午1点,有三个孩子进入超市,企图偷几瓶饮料,被保安当场抓住。监控录像里那位保安处理方式之野蛮以及当时在超市里的人静观那个场面时的木然——姑且不说是赞同——至今令人震惊。没有人做出任何举动来阻止保安继续打那个孩子的耳光，没有人进行一丝一毫的指责。在国际未成年人法庭上，单凭那份录像就足以通过快速审判把那个男人投入监狱，但是1995年1月7日，在达科塔超市里面，在光天化日之下，在至少十五个"值得尊敬的"成人面前，那种行为没有引起任何反应。达科塔超市经理在媒体面前说的一句自辩令人印象深刻：可能看起来有点夸张，但是当时情绪太激动了。那些孩子每天都来。

律师本该用"最低量刑原则"来回应那句话，全世界所有的刑罚体系中都存在着这样一条基本法律，因为既然犯罪是为了谋求某些利益，那么为了让社会施加的惩罚在罪犯身上产生希望的效果，惩罚造成的损失必须高于犯罪的收益。简而言之：如果一个小偷偷了两只母鸡，那么他必须赔付三只的价钱。这是一条很容易理解的法律，但却把刑罚推到了一个假想的空间，因为它把惩罚的效力建立在"不对等的"性质之上。在小偷偷了两只母鸡需要赔付三只的价钱时，人们相信的不是正义会重新得到伸张，或者小偷会重新被社会接纳，而是其他小偷会因为看到第一个小偷受到的惩罚而约束自己。如果把这种想法推演到极致——并且可以确保罪犯不会重犯——那么甚至都不需要惩罚小偷，只需要把他隔离，让其他人相信他已经受到了惩罚就够了。只要想象那种损失就够了。随着时间的流逝，我意识到了这也正是我们本该对那三十二个孩子做的：隔离一两个孩子，然后在那个抵抗群体中植入这样的想象，我们已经惩罚了失踪者，并且惩罚力度是他们难以承受的。一个同伴被扣留并受到惩罚的画面可能会激发他们的愤怒情绪——或者甚至是营救同伴的强烈愿望——但是长此以往，它终会像年轻机体上的毒瘤那样，慢慢吸取它的能量。

但是暴力并不遵循意料之中的模式。那年1月7日的录像证实了这一点。在保安大耍威风之后，停车场里的孩子并没有马上反抗，而是平静了很长一段时间。录像（其中有那个被打的孩子）显示，他们又出去玩耍了，就像什么都没发生过一样。录像中可以看到，他们又在那里待了至少半个小时。那是一种奇特的游戏，类似于那种通常被称为"警察抓小偷"的追逐游戏，但是有人质。孩子们分成两组，追一个头上系了一件背心的孩子。一组保护被追的人，另一组试图抓住他。每次抓到人的时候，他们便笑着压在一起，在系着背心的男孩或者女孩身上堆成一座人肉小山。

摄像头拍不到停车场里所有的地方，有时会看不到他们，但很明显的是，孩子越来越多。就像回声一样。最初松弛的节奏变得越来越有逻辑性。游戏玩完了，所有的孩子都躺在一个广告牌的阴影里。一共有二十三个孩子，最小的不超过十岁，最大的应该在十三岁左右。可以看到一些孩子分成几组在商量事情，而且参与的人在逐渐增多。可以从他们的肢体语言上看出其过程：突然几乎所有的孩子都站了起来，双手叉腰，踮起脚尖，伸长脖子去听其他人在说什么。几个女孩在各组之间跑来跑去，没有停止玩耍。她们拍拍一个孩子的后背，然后笑着跑开。没有任何领导，没有任何人组织，各小组并没有重复带有密谋色彩的动作，他们似乎并不是在商定战略或者制定抢劫计划。完全相反，那些行动毫无秩序可言，更像是在做游戏。

那为什么不停地有孩子过去呢？他们是怎么召唤其他人的？14 时 40 分，达科塔超市的停车场里可以数出二十八个孩子。这也许是我们到那时为止所能找到的最全的"合影"了。（除了一年后赫拉尔多·森萨纳在体育馆给那三十二具尸体拍的那张恐怖的照片。）女孩占三分之一，虽然有时候孩子的性别不是那么容易分清。所有孩子的穿着都很相似：背心，牛仔裤，短裤。所有的孩子都脏兮兮的，但是整体上比我们想象中要好一些，这表明关于他们不讲卫生的说法也应该纠正一下了。

根据摄像头上的计时器，他们进入超市时是 15 时 02 分。保安拦在门口，推了两下走在前头的几个孩子，但是马上就被成群的孩子弄得束手无策。一直跟着其中一伙孩子的那条白狗朝着一名员工大叫，并咬了那个保安。刀子几乎马上就露了出来，有的是从超市的五金区抢来的，有的是从肉类区和鱼类区抢来的。人们总是说，那群孩子里杀了人的只占一小部分，犯下谋杀罪的孩子只有五六个，其他人始终保持着孩子的样子，这一点完全可以从监控录像中得到进一步的证实。

一会儿乱成一团，一会儿重新聚集，一会儿混乱，一会儿有秩序，任何一群孩子被告知可以任意破坏周围的一切后都会有这种反应：先是快速跑开，然后重新聚集。孩子们被突如其来的自由搞得不知所措，面面相觑。首先爆发出来的是喜悦。面对奶制品，三个孩子忙着把牛奶盒放到地上，然后跳上去把它们踩爆，另一个孩子把一包面粉全部倒在一个女孩的头上，女孩哭了起来。一个单独行动的男孩打开一盒麦片，全部倒入自己张开的嘴里，另外两个孩子忙着用扫帚柄把葡萄酒瓶推倒。如果一切都停在这里，看着这些画面定会让人忍俊不禁，它们极其忠实地再现了儿时的梦想：起义和造反，反对大人的安排。但就在那一刻，人们的笑容凝结了脸上。杀戮开始了。

当天下午，与圣克里斯托瓦尔警察局局长阿马德奥·罗克、市长以及负责未成年人法庭的家庭法官帕特里夏·加林多一起，我们将监控录像分为了三组：A组是因其犯罪内容无论如何都不应该公开的录像；B组是因为关系到警方对袭击之前情况的调查（主要是停车场的录像）所以不能公开的录像，C 组是迫于媒体压力而将要公开的录像。

　　第一组录像的性质很难描述。一方面像是一起校园暴乱，那些暴力行动（几乎全是持刀伤人）干脆利落，受害者倒下时好像不是真的被刀子伤到了，而像是在用拙劣的演技假装，或者是被绊倒了。许多孩子聚集在门口，还有的孩子甚至哭了起来，隔着几米的距离向受害者鞠躬，像是被刚才行为的后果麻醉了。整个袭击持续的时间，其笨拙的方式，在同一时间发生但却各不相同的行为，都很令人吃惊。在将近十分钟的时间里，一些人进去，出来，然后又进去，好像什么事情都没有发生似的。一个女人趁乱偷了一盒染发剂之类的东西，而在货架的另一端，一个十岁的男孩刚刚朝一个成年人的腹部捅了一刀。有一个观点我觉得更可信，那些孩子在进超市之前并没有犯罪意图，杀人行为是过度兴奋和笨拙的产物，这一观点在其持续时间和无序状态这两个方面都能得到证实。如果袭击是事先计划好的——哪怕计划得不好——那么一切都会更快速，不会那么犹豫，更重要的是，会有一个明确的目的。

　　暴力来得快，去得也快。在四分钟的时间里，超市里所有人的平静让人印象非常深刻：伤者在地上爬行，孩子们重新聚集在鱼类区，有的孩子手里仍然拿着刀子，有的孩子还在继续扔东西，甚至有一个孩子呆立在一个摄像头前，僵在那里，像是一盘速战速决的象棋下完之后，剩在棋盘上的一个孤独的小兵。那个孩子在盯着什么看？谁都无法知道那个地方真正发生了什么，无法真正呼吸到那个地方的氧气，就连那些在这场悲剧中幸存下来的人在描述它时所说的话也是要么过于浅显，要么令人费解。那是一场噩梦，说不清楚发生了什么……翻过很多页千篇一律的说法之后，才能找出两条带有不容置疑的冷酷的现实色彩的陈述：一个女人说，她敢发誓，那些孩子们长着虫子一样的脸；超市的一位收银员说，我们当时都十分清楚我们应该怎么做。其中第二个说法让我失眠了好几个月。

　　同样无法解释的是袭击的结束。录像显示，当所有的孩子都聚集在鱼类区之后，出于某种原因他们乱哄哄地向门口跑去。那不是无缘无故的逃跑，而是狂奔。似乎某种东西突然让他们的内心开始颤抖，一种无法克服的恐惧。

15 时 17 分，一切都已经结束了。超市周围挤满了一大群人，孩子们已经消失在了大森林里。经核查，有三人被刀器所伤，两人死亡，一男一女。但更重要的是，与受害者的数量相比，更难说清却更容易感受到、更确定无疑的是一种类似于恐惧的感觉：确信这只是一个不可逆转的发展的第一步。

心怀恐惧的人和恋爱中的人一样细心。也许这只是一个很小的发现，但当我在袭击的几天后发现它时，那感觉就像两个泾渭分明的大陆融为了一体。我常常坐在家里的走廊里，一边辅导女儿做作业，一边看着音乐会那天下午冒出三个孩子脑袋的栅栏那里。我感到奇怪的是，虽然我记不清他们的脸，但是他们给我的感觉却很清晰：我相信自己感觉到了他们的身高、比例甚至体重。然后我看着女儿的脸庞，再次有了那种感觉：她伏在作业本上，我仔细观察着她的眼白及其与深色皮肤的美妙对比，圆圆的额头和垂下的脸颊，桀骜不驯的浓发。

维克多·科万在 1995 年 1 月 15 日的《公正报》专栏文章中写道：我们开始用另一种方式看待我们的子女，好像我们成了敌人，这并不奇怪。他说得不无道理。我们竭尽全力寻找那些孩子时的绝望，和我们突然对自家孩子产生的警觉之间出现了某种重合，就好像在一些孩子身上开始的情感必然在其他孩子身上终止，一方只是另一方的反面。

最初的几天里产生了三种相互矛盾同时又相互补充的反应：震惊、报复欲和同情。幸灾乐祸的情绪因为超市袭击事件而变得更强烈了。在那些孩子还只是在大街上乞讨时，众人表现出来的那种伪装成慷慨和善良的怜悯，如今已经变成了震惊，然后又变成了仇恨。受害者的家人在市政府门前集会，要负责人偿命（包括我），迫使政府召开了一个荒唐的全体会议，会上达成了一个原本可以被简单直接地称为"捕猎"的行动决议，但由于对象是孩子，所以我们决定命名为"搜查"。

我们认为他们的营地在大森林里确定无疑，所以并不介意浪费几个小时来确保一进去就能抓到尽可能多的孩子。毕竟——我们认为，好像我们犯的错还不够多似的——他们只是孩子，不可能走得太远。我们的想法是让警察出其不意地进去，然后把他们带回来接受未成年人审判，但是袭击事件在全国引起的反响太大，事情出人意料地变得复杂起来。监控录像造成了极大的不安，全国所有的电视台都播放了。记者一窝蜂地赶往圣克里斯托瓦尔市，市民们向警察提供的说法和证词开始自相矛盾，人们说当天下午和第二天都在自己家附近见过那些孩子，能从窗户里看到他们在半夜里摸黑翻垃圾桶。大街上挤满了相机和记者，想成为主角的神秘欲望支配了许多真正的目击者，驱使他们提供了想象力极为丰富的证词，若不是前一天有两个人去世，他们会直接变成喜剧演员。或许他们已经是了。那些冲突过去许多年后，有一次马娅跟我说，在圣克里斯托瓦尔，人们永远不会失去笑容，即使最严峻的事件发生。她说这话的时候，我惊讶地发现真的是这样，而她并没有多作解释。我想起，即使是在最严峻的日子里——也许恰恰是在那样的日子里——我也总能想起自己曾在某个时刻开怀大笑。这不仅仅因为我们试图用一些令人兴奋的笑话减轻自己的痛苦，而且关乎一个看似不太可能却合乎逻辑的发现：当我们在持续关注一桩罪行的影响时，迟早会有某种东西让我们露出微笑。但是我们时不时地大笑并不意味着我们的生活很舒心。国内无能的官僚机构像一张沾了胶水的网一样笼罩着我们，内务部要求我们对每一个决定作出解释，由于巴尔梅斯部长内阁的无能，我们甚至无法获得批准以便尽早开始搜查行动。

1月11日一大早，一支由五十名警察组成的队伍开始沿着埃莱河东岸进行搜查。城里看不到那些孩子的踪影，我们便以为他们不可能在别的地方。市警察局局长阿马德奥·罗克组织大家按照包围战略进行搜寻，一旦看到那群孩子，警察就会包围他们，然后不断缩小包围圈。但那队警察在深入密林七公里后，除了两处被抛弃的营地、几件衣物、残留的食物和几个玩具之外，没有找到任何线索。在十五个小时的搜寻之后，一名警察被珊瑚蛇咬伤了，只好被沿着水路送了回来。

当队伍没能带回一个孩子，却带回了一名舌头肿得像海绵的警察时，沮丧开始蔓延。

大森林吞没了圣克里斯托瓦尔的孩子们，让他们销声匿迹了。假如我和他们在一起的话，陷入痴迷的特雷莎·奥塔尼奥在 1 月 17 日的日记中写道，我会和"猫"一起爬到树上，他们永远都找不到我们。不管是在树上还是在河底，那些孩子在哪里藏了将近四个月至今仍然是一个谜。现在我们可以比较有把握地确定他们的一些行动，鉴于他们在内地的一个佃户农庄和两个基督教原住民部落短暂出现过，我们可以绘制一张包含部分藏匿点的地图，但是知道这些也解决不了多少问题。同样，我们也不清楚那些接触的性质。孩子们和那些群体联合的纽带是对圣克里斯托瓦尔的共同怨恨，因此，他们的关系比他们后来承认的更友好也不是不可能。但是无论友好与否，他们的接触也不会太多，否则我们总会发现的。

人类的逻辑有其独特的运行方式，有的景象似乎与之并不相符。"不可能，太荒谬了"，我们有时会这么说。但是一些事情过于荒谬并不能阻止它们发生。圣克里斯托瓦尔的孩子消失在大森林里就属于这种情况，那荒谬景象的首要后果便是把我们留在那里独自幻想。接下来的那个星期我们不仅怀疑我们的感觉，而且怀疑现实本身。我们以为灌木丛的叶子随时会分开，我们会重新看到他们孩子气的脸，等到这种情况发生，一切都将回到正轨。但是那些孩子没有出现，搜查的警察每天回来时都努力掩饰他们的沮丧，每当我们看向大森林时，都会觉得那片密林为了保护那些孩子，已经变成了我们的敌人。即使它不是一则道德寓言，那也必须承认它们非常近似。

许多年前，在读一本现在已经记不太清了的书时，偶然看到的一个意象，彻底改变了我对现实的认识。作者描写一个人物望着大海，突然明白了他想象中的"大海"这个词与真正的大海并不相符，每当他说到"大海"时，想到的只不过是它那微不足道的蓝绿色海面，上面漂着泡沫，而从来不会想到大海真正的本质：深不可测的水体中充满了鱼类、暗流，以及——尤其是——黑暗。大海是真正的黑暗王国。孩子们消失的那天，圣克里斯托瓦尔的市民对大森林也有类似的感觉。我们突然感觉自己好像混淆了外表与本质。在逃往那个秘密的腹地时，那些孩子像是用一艘潜艇把我们也带走了。我们或许看不见他们，但是在他们的目光深处，在他们的恐惧中心，我们却比任何时候都更接近他们。

两个月的时间很长，期间他们经历的事情对我们来说仍然是一个谜。如果有人不相信那些孩子在没有帮助的情况下能够在如此恶劣的环境中生存下来，那么只需要回顾一下历史上那些野孩子的故事，从十四世纪的黑森狼孩、十六世纪末在畜群中长大的孩子巴姆贝格，到他们的鼻祖，被神话里的卡匹托尔山母狼哺乳长大的罗慕洛和雷莫。所有这些在大自然或者动物的保护下生存下来的孩子俨然是最不容置疑的人类证据。1923年，两个女孩——阿玛拉和卡玛拉，一个六岁，一个四岁，被印度加尔各答地区的一个狼群养大；二十世纪中期，比森特·瓜瓜在智利南部被几只美洲狮养大；二十世纪九十年代，乌克兰女孩奥克萨娜·马拉亚被几只狗养大；乌干达的一群绿猴收养了约翰·萨班尼亚。只要稍作调查，就可以证实类似的情况有很多，虽然没有这些这么惊人。在那里，在那种缺少孩子和动物相互认可的迫切性和便捷性的情况下，那三十二个孩子很可能同大森林开始了对话，不用说，在这场对话中，我们并没有受到邀请。

我们被这种把我们排斥在外的东西吸引了，但是这种吸引力并不能保证在其笼罩下产生的想法是符合逻辑的。人们推断并发表的大多数关于那三十二个孩子的谬论恰恰是对他们在那几个月的所作所为的猜测。这并非偶然：我们将自己的特性投射到了一处意义完全空白的地方，然后最终相信老虎们会恋爱，上帝是一个善妒的复仇者，树木也有思念。从行星到原子，人类系统地赋予了那些他们无法理解的事物以人性。

对于在大森林所发生的一切所产生的巨大的意义空白，我们应该习惯于带着学者的那种谦逊而不是评论家的那种傲慢进行思考。为什么不考虑这种可能性——大自然正试图在那些孩子身上孕育一种全新的、陌生的文明，完全不同于我们以无法解释的热情所捍卫的这种文明——尽管它似乎遥远而虚幻呢？每当这么想时，我的心就回到了那几个月，以及大森林腹地里的一切为了那些孩子做出了怎样的改变：光，时间，谁知道是否还有爱。

这更像是几千年前那个为了将自己的行刑日推迟一天而每晚取悦苏丹的人编造的故事：一群孩子被随意抛弃，困在大森林腹地，试图在几乎密不透光的树叶穹顶下创造世界。大森林的绿色是死亡真正的色彩，既不是白色，也不是黑色。吞噬一切的绿色，在这一大片饥渴的、杂色的、窒闷的、强大的混乱中，弱者支撑着强者，高大者剥夺着矮小者的光线，只有细微才能撼动巨大。三十二个孩子在那片大森林里活了下来，就像是一个展示出返祖式抗争能力的群落。一天，我去腹地的一个农庄远足，偶然将手放在一棵树上，树上有一窝白蚁，我只好马上把手缩回来。数以亿计的白蚁吃光了那棵十五米高的大树的树心，产生的热量比暖气还要高。孩子们有种和那些昆虫一样的群落性：他们是外来者，也是寄生者；

他们看似弱小，却能够抹杀长达几个世纪的努力。我不想陷入我刚刚批评过的那个错误，但是我几乎可以发誓说那群孩子也抹杀了爱。或者说某一种爱。我们的爱。

如今，根据其中一个女孩的尸体我们得知，这个十三岁的女孩已经受孕。因此，他们之间应该有性关系，包括那些最小的孩子。在大森林里的那几个月在这方面的作用绝对是决定性的。爱是如何从零开始的？在一个没有任何参照的世界里应该如何相爱？从未听说过爱的人永远都不会相爱，拉罗什富科这句著名的格言对于这三十二个孩子的处境有着特殊的重要性。他们会在黑暗中低语、牵手、爱抚吗？他们告白的话语、欲望的眼神是怎样的？铁锈味在哪里终止，新的一切从哪里开始？如同从西班牙语中催生出一种新的语言，也许他们用我们惯常的示爱举止创造出了新的东西。有时我乐于相信我们曾看到过那些举动，只是当时并不理解，相信他们在城里时，我们曾目睹过那些人性的萌芽。某种因我们而诞生，并持续与我们相对立的东西。童年比虚构更强大。

在第一个月里，警察每周都去大森林里搜寻，尽管热情越来越少。圣克里斯托瓦尔的问题很多，我们不可能一直让三分之一的当地警察寻找一群孩子，即使他们在那次超市袭击事件中杀死了两个人。单是在市郊——在一整年里——每周都会发生一起凶杀案，大森林周边更是袭击事件和毒品交易频发的地区。不仅如此，超市事件还加剧了暴力现象。那个周末又发生了两起抢劫事件，一件发生在加油站，另一件发生在全市最重要的银行。本地的警力并不充足。大森林是人们所能想象到的最像树木监狱的地方，孩子们就在那里，哪里都不会去，很可能等他们生病了或者饿极了，自然就会回来了。他们算不上什么困扰。真正的困扰突然降临在了一个意想不到的地方：我们自己的孩子。

超市袭击事件发生后，许多父母都开始注意到自家孩子身上的奇怪之处。身体散发着他们的感受，只要离得足够近就能察觉得到，但是他们并不总能轻易知道孩子情绪变化的原因：周五的一个眼神——经过孩子们想象力的适度发酵——可能会导致一周后的危机。长时间的沉默，没有胃口，放弃曾经带来快乐的习惯……可能是因为琐屑小事，也可能是非常严重的事情，这种矛盾心态往往会让所有这些父母长时间处于警惕状态，只有有孩子的人才能理解。

如果没有特雷莎·奥塔尼奥的日记，我们可能最终会忘记那段短暂的不安，但是那些文字始终纠缠着我们，就像那些照片一样，有着证词般扎实而严肃的坚持。在超市袭击事件之后，特雷莎·奥塔尼奥在她的日记中提到了弗兰齐斯卡，一个结合了涅埃传统和"二战"后终老于此的欧洲移民带来的民间故事的传说。当地的人类学研究似乎也一致认为弗兰齐斯卡的传说是由比库神话和弗兰齐斯卡合成的，前者中的比库是一个因为自己不能生育而偷别的母亲的孩子的老妇人，后者则是一个与阿拉丁的故事有些类似的巴伐利亚传说。

在圣克里斯托瓦尔流传的传说是两者的结合：弗兰齐斯卡出生在埃莱河边一个非常贫贱的家庭，所有的人都很爱她，她有一头漂亮的金色头发。在几次无关紧要的意外事件之后，人们便间接地知道了弗兰齐斯卡的才能。数公里外住着一位巫师，他多年来一直在追踪一笔宝藏，他通过一句咒语发现，有一个女孩拥有找到那棵下面埋着宝藏的大树的秘诀。故事最有趣之处就在于巫师寻找弗兰齐斯卡的方式：将耳朵贴在地面上，从世界上所有的声音中辨认出那个女孩穿过森林回家的脚步声。我记得九十年代初在圣克里斯托瓦尔有一位非常有名的讲故事的人，玛加丽塔·马图德，她把那一刻讲得栩栩如生，让所有的孩子都目瞪口呆。她化装成巫师站在舞台上，动作夸张地将耳朵贴到地板上，然后大家开始听到录音里交错的汽车声、多种语言的谈话声、电钻声、地铁声、火车声、匆忙或缓慢的脚步声，直到最后清晰地辨认出一个女孩正在回家的脚步声……这难道不是人们能够想象到的对恋爱最好的描述吗？巫师对女孩的痴迷让世界上其他的声音全都相形见绌。

在某一个时刻，几乎像是在做游戏，我们的孩子开始将耳朵贴到地面上去聆听那三十二个孩子的声音。这是在他们非常熟悉的弗兰齐斯卡故事中提到的一个简单的动作。既然巫师能从世界的另一端听到弗兰齐斯卡的脚步声，那么他们为什么不能听到距离他们不过几公里的那些孩子的说话声和脚步声呢？每当我们离开房间，每当他们单独待在花园里，在课间或者在他们的房间里，他们都会弯下腰来，心提到了嗓子眼，把耳朵贴在地面上，比赛看谁是第一个听到那些孩子声音的人。

一天下午，我猛然走进卫生间，发现我的女儿正将耳朵贴在洗手池下方的地面上。我不知道她在那里做什么，就问她是不是掉了什么东西。

"没有。"她回答道，脸马上红了，她一害羞，我的脸也跟着红了。每次发生类似的事情时，我就会感觉她在我眼前瞬间长大了。她才十一岁，但是衬衣下面突然之间就长出了一对羞答答的乳房，臀部也变得圆润起来。她越来越不像马娅了。她的性格也开始变化。她已经不想让我送她去上学了，她变得更加难以捉摸，也会因为一点小事就脸红。

"需要我帮忙吗？"

"不用！"她喊道，然后一下子躲开我跑了出去。

多年以后，我们所有的成年人都在特雷莎·奥塔尼奥的日记里发现了对那些举动的解释。这些解释隐藏在 1995 年 3 月初日记的开头部分，当时那些孩子已经消失了将近两个月。特雷莎是这么写的：

　　首先应该是去回想他们。用力去想。想象他们的脸就在你的脸旁边，你几乎可以闻到他们的呼吸。闭着眼睛感受一切。然后应该是去像他们那样思考，像他们那样说话。在你的心里。如果你在心里像他们那样说话，他们会更容易听懂你的话，因为他们正在做同样的事，只是在不同的地方。你还应该认为你不是你，因为你已经脱离了自己的身体，你在上方，在空中飞翔。这很简单。有的人说存在神奇的词汇，但这是谎言。你唯一应该做的是努力思考。思考在前。然后独处，因为他们也在独处，他们知道的比我们多得多。

第一次读到现在被称为《召唤三十二个孩子》的那段文字的开头时，我感觉我的血液凝固了。有一瞬间我觉得自己好像正在参加一个由一个十二岁的女孩创造的仪式，我想那天下午我在卫生间发现我的女儿时她肯定很害怕。我们常说文本的可靠性，那种"说明书"般的腔调，但是我却认为其力度更多地来自于它背后的东西：成人的逻辑，那个已经失效的世界。我们的孩子该如何向我们解释他们正在做的事？我们还没有准备好接受他们的世界，他们的逻辑。那种通过暗号发送的不和谐的噪声就在外面，在地下：就在下面，那种混乱。

如果你无意中睁开了眼睛，那么应该闭上它们，重新开始一切，因为如果不这么做，就不起作用。然后你转三圈，直到你感到头晕，然后弯下腰，撩开头发，把耳朵贴在地面上。一开始有点奇怪，但是之后你就习惯了。先是听到各种声音。那是大地的声音。蚂蚁和小虫子的声音。植物生长的声音，人们说话和呼吸的声音，汽车开过的声音，河流流过的声音，行人走路的声音。于是你开始想到红色的东西。这并不难，因为眼睛里充满了血，如果你闭着眼睛将脸转向阳光，你会看到你眼睛里的血。然后红色越来越红，你想一想。

没有什么比看见一个陷入自身恐惧的孩子更能让人明白偏爱思考那些可能会摧毁自己的东西是多么致命的一件事了。成年人知道，不管自己关不关心，事情都会继续存在，而孩子却认为，如果自己不一直想着它们，事情就不存在了。虽然没有说出来，但是特雷莎·奥塔尼奥认为"猫"

的存在取决于她的想法，因此她感到无能为力，以及通过召唤来"自欺欺人"的必要性。她很苦恼，因为她的记忆可能会变得模糊，她将无法再现她所爱之人的外貌、特点、嗓音。她想变成他，以便把他留在这个世界上。《召唤》在此处有一小段题外话。之后还有两个段落，特雷莎也提到了"猫"，说希望那些孩子能回来，还提到了她父亲计划那个周末去河边郊游，她说"期待见到他们"。顷刻之后，召唤便奔向了疯狂。

红色很红。比大地更红，像耀眼的火山熔岩一样红。声音和红色抗争，一切都在抗争，因为你听到了小虫子，听到了大街，突然红色中出现了一片寂静，就在那里出现了住在大森林里、住在树上的那些孩子。然后你应该像他们那样思考，像他们那样思考是最难的。因为你在这里，而他们不在。红色可以帮助你走近那里，就像一辆汽车，但是没有声响。于是你想到了所有你拥有而他们没有的东西，想到那些你能做而他们不能做的事情。因为他们没有家。没有食物。没有床。因为他们没有这些东西，所以他们睁着眼睛睡觉以驱除恐惧。然后他们进入你。然后你成为他们。

圣克里斯托瓦尔市半数的孩子都将耳朵贴在地上，希望能听到"大森林里的孩子"，媒体开始每天用心理医生关于儿童恐惧的文章轰炸我们，成为了萨帕塔家孩子幻觉产生的温床。第一个提及"通灵术"的人是维克多·科万，是在1995年2月7日的《公正报》专栏文章中提到的。他提到了两天前本地电视台的一篇报道，其中首次出现了萨帕塔兄妹，一共四人——三个男孩，一个女孩——年龄在五岁到九岁之间，出生于康德尔街区，自称"画出了"那三十二个孩子在梦中对他们说的话。

我们开始相信我们的孩子可以同大森林里的孩子交流，可以和他们交谈，做相同的梦，甚至有共同的幻觉。许多至今仍保持着理性的人在想接下来会发生什么。或许这个问题提得不是很好。当一个社会开始怀疑一切，那么应该提出的问题并不是"存在通灵术吗？"而应该是"我们哪里出错了？"

但无论是维克多·科万还是我们肯定都无法回答这个问题，因此我们宁愿自己琢磨通灵术的事。轻信对于幻术的作用就像是爱情，那些认为自己一心一意爱着对方的人最终真的成为了这样的人，而那些怀疑自己感情的人则阻碍了感情的产生，这种悖论总是让我们不停地问自己，如果任由自己相信，我们会变成什么。一方面，萨帕塔兄妹的画只是证实了那些即使对三十二个孩子一无所知也可以想象得到的千篇一律的东西：张开的大嘴里还有张开的大嘴，腹部肿胀的孩子或者在树下打盹儿的孩子，血和大森林里的植物……另一方面，他们的画包含了一个新的视角，虽然奇特但是很可信：一些像是符号的东西，一些表面上没有意义的词语，就连萨帕塔兄妹自己都说不清楚有什么含义，但他们坚称在梦里听到过，叠放在一起的三角形，圆圈，周围环绕着小行星的恒星……也许萨帕塔家的孩子没什么艺术天分，但是这并不代表他们没有说服力。他们的画就像是一种奇特的鸡尾酒，由一份儿童的幻想、一份不祥的恐惧，以及一份被唤起的期望调和而成，使得我们很难正视它们的，不是它们是某一种东西或者另一种东西，而是它们同时是这三种东西。

　　人们总是说，假如他们再穷一点，或者再漂亮一点，假如他们"魅力非凡"或者口才更好一些，也许没有人会相信他们，但是萨帕塔兄妹有一个极大的优点：正常。他们集中了所有大家可以接受的因素。作为中学教师和银行职员的孩子，他们就像是四个精灵。这三个男孩和一个女孩亲切又有教养，他们在回答记者的问题时独特的生硬和惊奇的大眼睛都非常上镜。其中一个男孩总是把 s 发成 c。大哥挨个儿踢着弟弟妹妹们的脚，像是一个完美的礼仪老师。最小的女孩一直在微笑。所有孩子的上唇都微微遮住了下唇，这让他们看起来像是某种家禽。在被报道之前，他们在街区就已经有了一定的名气，周围的一些家庭已经开始上门拜访，好像他们家是一个朝圣之地，但是直到他们上了麦特·穆尼斯的节目，这个事情才真正进入了公众的视野。

7频道对此事的报道于1995年2月5日在著名的节目《做客麦特家》中播出。节目主持人麦特·穆尼斯是当地名人，五十多岁，头发染成了金黄色，她身上同时体现了圣克里斯托瓦尔人的优点和缺点：感情丰富，很受欢迎，但是有着咄咄逼人的轻浮。就像在所有家庭中一样，同一件事有的人做就会受到表扬和赞美，而其他人做就会被扔出窗外，在一个像圣克里斯托瓦尔这样保守的城市，麦特·穆尼斯的名气使得人们自觉地遵守着这条规则。三个前夫，税务问题，"没有恶意的"种族主义言论，这些事情都得到了原谅，因为大家真的很喜欢她，而且她对公众舆论有着无可争议的影响。很多时候我们最大的缺点是最大的优点的直接后果。穆尼斯的"放肆"和不受拘束与一个至少需要提前准备内容的日常节目的基本安排格格不入。她很自信，这种自信在现场发挥时显然超出了她的才华，最终不止一次地造成难堪甚至人身侮辱，其中包括一些名人，比如她曾经把一个孩子的名字同他所患的病症弄混了，还曾在罗马教廷的特使访问该地区期间称呼对方为"亲爱的"。大家原谅穆尼斯做的某些事，可能就像原谅一个有点放肆的家人，但这恰恰是她能成为一位著名的电视明星的原因。

萨帕塔兄妹出现在《做客麦特家》很出人意料，甚至事先都没有被列入节目脚本，但是因为其中一个内容临时被撤了，于是一位实习生提议做那个话题。四个小时后，他们就临时连线了萨帕塔一家。先是看到了房子，院子，父母随意地将孩子们的画放在一个餐具柜上，像是一种临时搭建的小祭台。然后孩子们出来了，麦特对他们一一进行采访，先是像母亲般简单问了问学习情况。孩子们有时会互相抢话，有时又接着对方的话说，像是事先商量好了似的。他们用内心告诉我们事情，最小的女孩说。在夜里，那个把 s 发成 c 的哥哥说。即使是富有经验的节目撰稿人也设计不出这种效果。

"他们都跟你说了些什么？"

"他们说他们饿。"最大的孩子出其不意地说道。

最小的女孩是四兄妹中最亲近人的。她经常拉着大哥的手，是四人中唯一一个看上去有点淘气的孩子。她时不时地扭头朝哥哥们偷笑，然后再转身以一种夸张的严肃表情面向摄像机。

一刻钟之后，麦特·穆尼斯完全没按脚本，即兴讲了一段著名的独白，声称自己相信那些孩子，说萨帕塔兄妹是一座桥梁，一种帮助我们"修正我们的错误"的纽带，我们应该做出回应……

由于那个节目受到了很多嘲笑，所以大家都不肯承认那天我们都很受感动。不仅是因为穆尼斯那些动听的话（在这里重复那些话会对她有些许帮助），而且因为我们所有人都在内心感受到了那种我们曾经以某种方式抗拒的东西。这种东西还没有名字，或者说有一个难以言传的名字。那个电视节目突然让我们能够"感受到它"。这么说可能显得有点可笑，但却如科学般准确：麦特·穆尼斯就是一个渠道，我们通过她表达了我们希望那些孩子回来的愿望。我是在第二天整个节目重播时看的。我一整天都在听看过这个节目的人评论它，所以我一回到家就打开了电视。在节目播放期间，我基本上能够保持平静，在萨帕塔兄妹中的大哥说"他们说他们饿"时，我的视线模糊了，我对此也不觉惊讶。我回头看去。小姑娘正在沙发上，头枕着马娅的大腿。我们都不敢看其他人。我们三个都被打动了。

常有人说，圣克里斯托瓦尔的自然迷信也是一部分原因，但外地人并不了解这句话的真实程度，也不知道自然法术在整个地区到底有多大的力量。在发生冲突的前一年，市政府社会事务局对自然法术做了一项统计研究，结果令人目瞪口呆：二十到六十岁的人中有百分之四十称自己在最近十二个月里至少用过一次：妖术，占卜，如尼文，邪眼……特别是邪眼，最令圣克里斯托瓦尔人恐惧的代名词，也极好地描述了它的特质。很多时候人们走在大街上，觉察到一个持续几秒钟以上的眼神就会吓得僵在原地。

《做客麦特家》播出后没几个小时，萨帕塔家就已经有了几十个围观者。穆尼斯不经意地道出了我们潜意识中的想法：他们只是孩子！我们用敌意赶跑了他们，像对待罪犯一样对待他们，把他们逼得走投无路，在那一刻，我们对他们的死亡可能是有责任的。被选中的孩子！她在表面的轻浮之下说出了带有魔力的词汇，但那个带有魔力的词汇不仅唤醒了意识，还对周围一百公里内的所有女巫都产生了强有力的召唤。在接下来的一个星期里，萨帕塔家门前挤满了人。所有人都想分一杯羹。所有人都想看看那些画，摸摸那些孩子，和他们的父母聊聊。四个孩子一露面，人群就更往前拥，挤得他们一步家门都出不去。萨帕塔兄妹很害怕，他们的父母更害怕。有一次他们打开门想让孩子们一起露面，守在房子对面的人们猛地冲了过去，差点儿把他们挤扁。有人开始把病人带到他们家。市政府不得不拉了一道警戒线来保护他家，那栋简陋的房子里当然没有什么贵重物品，但我们也根本不是为了保护那家人的安全，而是出于相反的目的：疯了似的猜测他们真的藏了什么东西。孩子们甚至不能去上学，父母只得请假，足不出户地待了将近一个星期。

父亲有两次走到门口，请求给予他们家尊重和隐私权。我们没有伤害任何人，他略显荒谬地说，然后便回去了，有几分胆怯，但又带着几分夸张的威严，仿佛想用眼神冻结在场的每一位记者。他们不知道他们在做什么，他说。

第八天，一大堆人蜂拥而入。十五个人在凌晨2点爬窗进来，偷走了孩子们的画。一个女人甚至用剪刀剪走了其中一个男孩的一绺头发，肯定是为了施行某种妖术，某个没有良心的人（很可能非常清楚隐藏地点）似乎在逃走时偷走了那家人藏在孩子卧室一个箱子里的积蓄。当地早间新闻展示了那次非法入室所造成的破坏。父亲一间间地展示了被毁得一塌糊涂的房间，并且说为了保证安全已经把孩子们送到亲戚家了。两个小时后，母亲在家门口召集了记者。她站到一个小板凳上以免被踩踏，透出的威严与父亲截然不同，好像对她而言这么做再正常不过。她的呼吸局促不安，却试图用教师般的语调平息一群人的情绪，她之前没把这些人当回事儿，现在却有些害怕。

请大家安静。

她沉默了几秒钟，直到记者们终于安静下来，只能听到知了的叫声。

然后抛出了炸弹。

全是谎话，她说，希望大家理解，都是孩子们编的。

失去信任就像失恋一样。两者都暴露出内心的创伤，都让我们觉得自己比实际年龄要老。萨帕塔兄妹的谎言被揭穿后，圣克里斯托瓦尔变成了一个生活紧张的地方，我们的孩子继续将耳朵贴在地面上，相信他们会听到那三十二个孩子发给他们的讯息，我们开始怀疑那些不容置疑的事情：他们的天真。我们确实无法将这种话说出来。只能准确地描述我们已经感觉不到了的东西，已经发现其界限的东西。为讲述我们仍然拥有的感觉而努力可能是所有努力中最感人也最无用的了。也许正因如此，即使是在二十年后的现在，依然很难去描述那种失去的感受。

最后那几个月发生的那些事件可能打破了我们对童年宗教般的信仰，但孩子们也不比我们轻松多少，当然这也没能唤醒一个敌意更少的世界。对于孩子而言，世界就是一个博物馆，里面的成人管理员可能大多数时间都很慈爱，但并不因此就不立规矩：一切都是坚固的，早在他们出生之前就一直存在。他们必须维持童真神话来换取爱。他们不仅必须是天真的，而且还必须成为天真的象征。

萨帕塔兄妹事件意味着孩子们被排除在了我们的正式信仰之外。我们必须惩罚某个人，由于我们不会惩罚自己的孩子，所以决定惩罚那三十二个。他们不仅拒绝成为失乐园神话的象征，而且已经开始传染我们的孩子。他们是黑羊，是最终会使整个水果腐烂的擦伤。也许很多人会觉得这种态度的骤变令人难以置信：我请他们到报刊阅览室待一个下午去验证萨帕塔兄妹的母亲发布那则声明之后报纸语气的变化。

不仅是报纸。

根据 1995 年 2 月 13 日圣克里斯托瓦尔政

府全体会议记录，在"请求和诉愿"部分的第三条里，议员伊莎贝尔·普兰德第一次提议修改区里的最低刑罚年龄。法律草案——几乎专门为那三十二个孩子的事情而起草——力求废除未成年人法律总则中的一项规定：在犯罪较轻或者协同一级犯罪的情况下，任何十三岁以下的未成年人都免于监禁，由民事委员会实施监管。普兰特女士认为，所谓"大森林的孩子"的案情非常特殊，需要专门的立法。她提议，对于那些参与了达科塔超市袭击并且没有已知监护人的孩子，十三岁以下的关押在专门的机构里，并在省监狱中心为十三岁以上的设立一个监狱。担心无法被绝对多数通过（草案进入程序的必要条件），而且就算通过了，这个简单的官方程序也至少需要三到四个月才能走完，普兰特女士认为事态紧急，呼吁临时设立一个"再教育基金会"来改造那些犯罪的儿童，鉴于他们已经对圣克里斯托瓦尔的社会造成了很大伤害，并且正在大森林里"重新武装"（字面含义），准备下一次袭击。

最令人不安的不是一个保守派议员提出了一

项践踏未成年人基本权利的法律草案，而是这项提案被百分之七十的人眼睛都不眨一下地通过了。正如许多年后自由派官员玛加丽塔·施耐德在谈到那些日子时所说的：奇怪得令人难以忍受……但是可以忍受。我们学习的是用右手做事情而不是左手，但当我们用左手做事情时，我们发现不仅没有那么难，而且更可怕的是，最终我们的感觉也不是很差。

但我们的孩子仍然沉浸在自己的幻想里。随着我们态度的明显转变，不仅没能劝阻他们，还起到了相反的作用：更加坚定了他们的秘密崇拜。那三十二个孩子已经变成了他们的私密空间，一个决定不让我们进入的房间。我指的不是那些最小的孩子，毕竟他们和我们一样恐惧，而是指那些年龄和他们相仿的九到十三岁的男孩和女孩。某种东西让童年产生了分裂。

在上文提到的那篇加西亚·里韦列斯老师关于那些冲突的文章《守望》中，她给出了一个颇有意思的评价：问题是，那三十二个孩子对圣克里斯托瓦尔孩子产生所谓影响的方式与通常产生任何"坏影响"的方式是相反的。那三十二个孩子从一个不为人知的地方实施其控制。父母们没办法告诉自己的孩子不要像他们看不见的一些孩子那样，那些孩子不在大街上，准确来说，没有人知道他们那时是否还活着。既然不在任何具体的地方，那么那三十二个孩子就做到了不可思议的事情：无处不在。面对这种不要像那些孩子一样的基本警告，同样基本的回答会是：哪些孩子？

就是这样。在失去其"真实性"之后，那三十二个孩子变成了十足的怪物，但这个怪物的影响更多是让成人做噩梦，而不是孩子们。他们是无法攻克的空白，既投映出迷人的东西，也投映出可怕的东西。完美的屏幕。加西亚·里韦列斯继续说道：圣克里斯托瓦尔的孩子凭直觉知道了幻想是那三十二个孩子的优点。我们姑且称之为一种觉醒的智慧或者采用他人想法的智慧？随便吧。我觉得那是一种真正的觉醒。在圣克里斯托瓦尔孩子的想象里，那三十二个孩子的能力像是一种至高无上的特权，是他们未来权利的源泉。

或者换句话说："你们的自由是我们未来自由

的保障。"孩子们恰恰是在我们的痛处，在不信任中获得自由的。等时机一到，我们的孩子将会毫不逊色地取代那三十二个孩子的角色，这只是时间的问题，他们是他们的继承者。令人惊恐的是，这份协议是以被动接受的方式实现的：通过角色的突然交换，圣克里斯托瓦尔的孩子似乎也接手了那三十二个孩子所犯下的命案。加西亚·里韦列斯又以近似尼采的口吻说道：我对你做的，你也对我做了，我们两清了。或许并没有。你的刀上流淌的是我的血。

我不觉得能有多少人敢像加西亚·里韦列斯那样自由地在文章中展现圣克里斯托瓦尔的那些冲突。她做到了几乎不可能的事：摆脱所有关于童年的陈词滥调，仅凭事件本身的启示来思考所发生的一切。但是想要发现陈词滥调就必须先忍受它，想要克服它就必须先使用它。童年世界用它先入为主的观念压垮了我们，因此人们对那三十二个孩子的愤怒有很大一部分并不是因为那几个孩子的暴力行为是否正常，而是因为那些孩子没有遵循他们关于甜蜜童年的固有想法，这才引发了他们的暴怒。

但无论如何，最坏的事情即将来临。或许最讽刺的就是，在内心深处，我们从来没有一刻停止过这种怀疑。

叙述和报道就像地图一样。一边是大陆那大片的、坚实的色彩，那些所有人都记得的集体事件。另一边是个人情感的深渊，海洋。事情发生在一个周日的下午，设立"再教育基金会"那次全体会议之后两三周。马娅和小姑娘都在家里。天气很热，但是湿季早已让我们的身体习惯了这种炎热。我们的身体浮肿，按照一种奇怪的节奏行动，肌肉松弛，意识茫然。知了的叫声震耳欲聋，由于一大早下过雨，湿气转化为闷热。午饭我们做了家常面来吃，下午昏昏欲睡，伴随着周末饭菜带来的那种怅然。

门铃响起时，我一点也不想动，但还是站了

起来。马娅和小姑娘正在睡觉。我打开大门，看到一个年纪和我相仿的混血男人，衣着考究，尽管身材矮小，但是相貌英俊。他很符合当地对男性的审美标准：没有胡须，下巴瘦削。他带着浓重的圣克里斯托瓦尔口音打听我，我告诉他说我就是。

"我是马娅的父亲。"他说。

我半天没反应过来，于是他又补充了一句：

"小姑娘的父亲。"

令人意外的不仅是他的声明，还有那个情境本身。小姑娘身上那些我喜欢的外貌特征，那些完全相同的外貌特征在他身上表现出了中性的特点：小巧的鼻子，嘴巴像是一片棕色的阴影，漆黑的眼睛。那些特征四处弥漫的同时，我感到了一种嫉妒，好像忍不住希望它们长在我自己的身上。我问了一个你能想到的最荒唐的问题：

"来要钱的？"

那个男人奇怪地看着我，但是带着圣克里斯托瓦尔人所特有的那种迟钝，这种迟钝让他们看上去很智慧，但实际上只是谨慎。

"我想和您谈谈。"

我从家里出来，关上门，我们在那地狱般的阳光下走了两百米，一直走到河边的步道上，一路无话。我只急着让他远离我的家，甚至都没有停下去想情况有多可笑。我偷看了他几次，看他在我身边走着。我刚认识马娅的时候就多次向她打听过小姑娘的生父，但她总是回答得很敷衍。在我反复追问了太多次之后，她告诉我，对她来说他根本不存在，她甚至不知道他在哪里，她希望我成为小姑娘的父亲。在我们婚后第一年里，那个男人幻影般的存在曾让我暗自痛苦，但是最终我屈服于他已经完全消失的事实。他突然出现在那里做什么？他身穿一条白色亚麻长裤，一件领口快敞到胸口的短袖衬衫。他给我的感觉是世俗，果断，有点古怪，但不是富人而是生意人才有的那种古怪。等我们在河边停下，我再次看向他时，我便明白了马娅为什么曾被那个男人所吸引。他有着木头般的镇静。我忍不住去想象他们在一起的样子。

"抱歉，打扰您了，"他用恭顺的语气说，我没有回答，于是他继续说道，"您负责那些孩子的事情。"

"您指的是那些大森林的孩子？"当时的情况令人惊慌，我甚至无法顾及那些话的基本含义。

"其中一个是我的儿子。"

这种事情不是第一次发生了。达科塔超市袭击事件后，报纸上刊登的那些图片使得许多孩子失踪已久的家庭相信在那些照片中认出了自己儿子或女儿的脸，这几乎是不可能的。理所当然的绝望促使他们在已经没有任何合理的理由相信的时候相信。我本人就接待过其中一个家庭，收下了他们带来的资料，其中很多人已经失踪了许多年，只需简单计算一下年龄就会发现不可能与报纸上那些孩子的相符。

但是那个男人不一样。那个男人像我一样。甚至更糟：他很奇怪，姓氏不详，同时熟悉得令人感到荒唐。小姑娘的脸嵌在他的脸中，马娅同他睡过觉，甚至或许还爱过他。他把手伸进口袋，掏出一个皮夹。然后递给我一张一个十二岁男孩的照片，男孩和小姑娘那么像，让我很是吃惊。

"他叫安东尼奥，"他说，好像这样一切就都解决了，"您知道他们在哪儿，对吧？"

"不，我不知道，没有人知道。"

他用不信任的眼光看着我。

"我知道他跟他们在一起。"

局面瞬间变得让人难以忍受：炎热，嫉妒，他跟我不见外的态度。我被他逼急了，怒火中烧。就在我转身准备离开时，他出人意料地抓住我的衬衫领子，用喷火的眼神看着我，说：

"您必须找到他，听到了吗？"

我一直都是一个平和的人，但在少数几次尝试使用暴力时——比如在那个时刻——都表现得像是头脑突然发热。突然之间，话语听起来不一样了，想法都变成了情绪，不知道是什么把我们引向那里，就像是一种被连根拔起的感觉。我猛地推了他一下，打算给他点颜色瞧瞧。我很愤怒，而他很绝望。他再次扑向我，因为不知道他想干什么，我朝他的左耳上部狠狠地打了一拳。就像打在了马背上，我的指关节像是触到了动物骨头的弧形轮廓。他甚至没有呻吟一声，就重新站直了身子，低声下气地将他儿子的照片塞进了我的衬衫口袋。我当时并不理解（但是现在我理解了，因为绝望而不得不低声下气），我努力平复呼吸，仍有些头昏脑涨，我们沉默了一会儿，不知道该做些什么。他用手摸了摸耳朵，放到眼前看有没有流血，我靠在步道的栏杆上，看了看四周，担心有人看见了我们。一个人都没有。汹涌的埃莱河水在流动，发出低沉的声音。我为自己打了他而感到不好意思。他有一双纯朴的眼睛，纯朴的鼻子，纯朴的嘴巴和纯朴的下巴。他是小姑娘的父亲。突然我意识到没有什么可害怕的。那个男人的绝望就像是河流的存在，就像是那条载着数百万吨河水和泥沙的巨河所产生的能量。已经越过了它能承受的极限。我猜——我知道——我们来到这个城市之后，马娅曾在某时和他通过话，并且马娅不许他接近我们家。我猜——我知道——尽管他也许很想看看小姑娘，但是他应该已经开始了新生活，并且显然已经有了其他孩子，包括那个安东尼奥。我想请他原谅，但是我做不到，我朝他走了一步。他没有动。

"我们会找到所有孩子的。"我说，试图想起他的名字，却发现我其实并不知道。他大概是猜到了，因为他说：

"安东尼奥。"

我慢慢地走回了家。我不知道自己有没有跟安东尼奥告别。我记得我曾试图把照片还给他，但是他又把照片塞回了我的衬衫口袋，我记得为了不再看他，我把视线转向一片很大的通常被叫做大象耳朵的树叶，我似乎感受到了植物的柔软和多肉，那片一次又一次地向城市深入的森林，好像在等待一有机会就收回自己的土地。我到家时马娅还在睡。她看上去比之前要年轻，就像我在埃斯特皮刚认识她时那么年轻。我在她身边躺下，她感觉到我压在床垫上的重量后睁开了眼睛。

"你在流汗，"她说，"刚才去哪儿了？"

"散了会儿步。"

她没有再问，伸出食指，用指尖为我擦去了一滴汗。我第一次想到或许她也对安东尼奥做过同样的动作。一模一样的动作。以及很多其他的动作。不能为我们所爱的每一个人创立新的动作，只能忍受同样的单调动作，我觉得这是件很悲伤的事情。

我担心她发现我衬衫口袋里那张男孩的照片，于是把它脱了下来，但是眼睛一直没有离开她。她误解了我的动作，也脱掉了自己的衬衫。我将错就错，脱光了自己的衣服。她也一样。尽管年龄不小了，但是她看起来很青春：乳房小小的，臀部几乎是平的，身材像个少年。当她赤身裸体时，就像她身体的任何一部分都长了眼睛。她的腹部常常颤抖。

我准确地进入了她的身体，亲吻她的脖颈，以免她看我。我感觉我的内心有点邪恶：似乎令我兴奋的正是得知她曾背着我同安东尼奥通话。我们彼此非常熟悉，懂得找寻对方，很熟悉对方身体的每个角落。很明显我们都想速战速决。我们做到了。但是我也在她身上感觉到了一种不太常见的失望：在那个熟悉的动作中间，她用力地抱住了自己，一时之间我感觉她在颤抖。然后她把下巴靠在我的肩上，低声说她爱我。

结束之后，我俩的目光都盯着吊扇。我们似

乎有很多事情要说，但同时又无事可说。也许婚姻最令人意想不到的事情之一正是那种不可避免的形式，即使一个人对另一个人的身体和习惯比对自己的更熟悉。阳光从百叶窗的缝隙透了进来，在她的鼻子下面画出一道弧线，像是微笑。令我再次惊叹于我妻子那张难以猜透的脸。

"你后悔嫁给我了？"我问道。

我从未问过她哪怕是类似的问题。这属于那类有缺陷的问题，只是出于自私或者缺乏自信。我一直都在避免问这类问题，但是那次不知怎的我没能做到。我受伤了。

"你是我的挚爱。"

"这不是对问题的回答。"我很执着。

她笑了。一个生硬的微笑，像是一种痛心，一个无意识的表情。

"当然是回答。"她说。

想起那几个星期时，我眼前唯一浮现的就是那个孩子的脸。我至今仍保留着那张照片，但是不知道为什么上面的形象似乎和记忆中的不同。是我闭上眼睛时进入记忆的那个形象（而不是这个皱着眉头的普通男孩），他的脸呈椭圆形，和小姑娘一样。五官也很相像，但是男孩的五官更开阔，那张脸上已经显现出来的前青春期特征在小女孩身上似乎仍然很模糊。

当我在达科塔超市的监控录像里搜寻他时，马上就看到了。他比其他孩子略矮，但是他的发型很独特，笔直的刘海儿遮住了一半额头，像是扣了一个碗。只可能是他。他是最先进入超市的孩子之一，也是杀人的孩子之一。在某一时刻，他以惊人的平静走到芬妮·马丁内斯（受害者之一）身边，拿一把餐刀往她的腹部捅了三刀。然后一动不动地看着她倒下去，血流了一地。和在此次袭击中发生的另一起凶杀不同，男孩安东尼奥·拉腊的作案过程不像是在游戏，而是带有一种无法消散的恐怖。几乎是仪式性的，精心研究过的。他站在那里看了几秒他的受害者，接着弯下腰来近距离地观察她，也可能是为了跟她说些什么。在最后一秒钟里，两个人用目光互相打量。男孩伸出手却没有触碰她。那个表情给人一种邪恶的感觉。有点变态，同时又非常孩子气。

安东尼奥的形象占据了那几个星期的全部回忆。实际的形象，脑中的形象，仿佛一个形象通过一个内部渠道从另一个形象中汲取着养分，然后一天天逐渐加重。我看着小姑娘的时候就会看见他，浮现在她的每一个动作之上。我认为鲜血将随时召唤鲜血，而她会把耳朵贴在地板上或者闭上眼睛听梦中的声音，就像萨帕塔兄妹那样。可能萨帕塔兄妹并没有撒谎。可能一切终究都是真的，可能有大量的梦和想法从大森林流向了我们的家。

独自待在市政府办公室时，我会拿出那个男孩的照片，把它与马娅和小姑娘的照片放在一起。于是产生了一种怪异的效果，他们三人之间有一种静态的自然。一回到家，我便比平时更焦急地寻找小姑娘，而她则躲着我。这令我很痛苦，但是她马上告诉我，她即将变成大姑娘了，这种躲避在她那个年龄很正常。我理解，但是不知为什么，这一切都令我感到不安。我处处都能看到征兆，在小姑娘身上，在大街上，在温度中，甚至在那些正面的举动中，在马娅的亲切中，在河流的美丽中，在知了每次停止鸣叫时空洞的沉默中，在大森林中。

那时马娅正在排练西贝柳斯的《小提琴协奏曲》，可能这是我听她演奏过的最美的乐曲之一。她相信自己能获得当地某个乐队首席小提琴手的职位，但是这个目标对她来说太大了，那首乐曲有点超出了她的能力，它要求太高，乐句非常精密，一个小错就会毁掉全部的价值。我看见她一遍又一遍地坚持练习那首几乎没有人听得懂的曲子，感觉那个乐谱上的整个乐句都在她的皮肤下生长。和静脉一样，西贝柳斯的旋律像一连串的按压、一连串细小的动作那般简单、坚定。

事情就是从那时开始发生的。那时开始有孩子失踪。我们的孩子。一开始谁都无法相信，案件好像是孤立的，没有关联。大家觉得他们迟早会被找到，期待警察手里牵着孩子从某个加油站打来电话，或者某人在某栋房子对面发现他们然后通知市政府，但这些并没有发生，情况越来越令人沮丧。我们宁愿那是绑匪做的。甚至是杀人犯。我们所熟悉的任何一种恐怖事件。第一起案件发生在 3 月 6 日，失踪者叫亚历杭德罗·米格斯，九岁，心脏病专家和邮局职员的孩子；第二起案件发生在两天后，失踪者叫马丁娜·卡斯特罗，父母是市政府的保洁人员；第三个失踪者叫巴勃罗·弗洛雷斯，十一岁，父亲很年轻，丧偶，是圣克里斯托瓦尔《拒绝偏见》的经济学家。

他们是在 1995 年 3 月 6 日到 10 日间失踪的。现在看看当时的当地报纸几乎让人恼火。报纸上提到了孩子的失踪，在照片旁边展示的则是有关儿童黑手党或者特快绑架案目录的消息。对那三十二个孩子绝口不提是最好的测量仪，可以显示出我们在多大程度上不愿说出那些我们不敢想的事情。就连维克多·科万本人似乎也很迷惘，他写了一篇文章，摆满了明显的事实来说明那个时期我们的孩子拥有单独行动自由的风险，好像唯一的问题就是过马路的时候我们没有拉着他们的手，或者他们在我们家对面的公园玩耍时无人看护。

发生什么事才会让三个受过良好教育、没有太大家庭问题的中产阶级孩子——其中一个生性胆小，如果我们相信他自己家人的证词——在某一天，从窗户或者花园的栅栏底下逃离自己的家，加入到隐藏在大森林里的一帮孩子中？甚至以为我们肯定已经发现了他们是如何同他们联络的，是什么促使他们离家，是何种电流从一些孩子身上传入了另一些孩子身上？就连那些没能加入的孩子和那些一只脚已经站在窗户上正要逃跑时被当场抓获的孩子也无法解释清楚。一问他们，他们就开始哭起来，让人疑惑不已，就好像问题本身比促使他们逃走的理由更暴力。他们说他们想和他们的"朋友"一起走，但在被问及是什么朋友时，他们描述的地方和环境根本没有人能靠近。

很多地方也都在议论那些天发生的事件，一些商店的录像以及总在夜间发现孩子的私人住宅。那个星期确实发生了几起食品盗窃案，似乎一切都表明是他们干的，但是在瓦莱里娅·达纳斯有倾向性的纪录片《孩子们》所收入的那些录像里，只有一段的确是那个星期的：一位受到惊吓的父亲录制的家庭录像，录像中可以看到一个由四个十二岁左右的孩子组成的小团伙跃过一栋房子的栅栏，同另一个趴在窗口的孩子说话。场面具有夜间的粗糙感：一方面可以看见那伙孩子朝窗户仰着脸，一些孩子踩在另一些孩子身上，好像是一个怪物；另一方面可以看到那个被诱惑的孩子，孤独得像个国王。

每次看那段录像时，我都试图回忆那些儿童诱惑的计策，就像最初几年我陪小姑娘去埃斯特皮的公园时，在她那里看到的计策：套路总是很粗糙，靠近和后退，暴露的风险和战胜他人意志的美好，获得了他人的注意那种难以言传却容易识别的感觉。与成人的诱惑相比，孩子之间诱惑的辩证逻辑更多地是出于本能，它有着另外一种温度，另外一种逻辑，当然，也包含另外一种暴力。

在那段夜间录像中，可以看到趴在窗口的那个孩子慢慢地不再感到害怕。这一点可以通过一连串的脸部表情得到证实，然后是一个像是微笑的傻乎乎的表情，似乎那伙孩子说中了某件有趣又令人信服的事情。然后窗口的孩子消失了，没几分钟后，又拿着几听罐头回来了，但是交谈并没有在这里结束。他弯下腰，摸了摸他们的头发，先是一个男孩，然后是另外一个站得最高的孩子，竟然是一个女孩。一个头发乱糟糟的漂亮女孩，像是一头小母狮。那个场景我可能已经在不同情况下看了不下二十次了，但是直到最近我才注意到他们的言语交流很少。那些孩子很少说话。无声的诱惑。我很希望我的妻子还活着，这样就可以问问她，为什么这么简单的事情却让我如此惊恐。

3月10日之前，面对孩子们的失踪，圣克里斯托瓦尔市采取的对策与此前每次束手无策时的一样：等到问题自己消失。但是事实恰恰相反。3月10日《公正报》的头版刊登了由巴勃罗·弗洛雷斯——其中一位失踪孩子的父亲——签发的召集令，责成全体居民当天下午8点在卡萨多广场碰面。他在通知（多亏了他报纸专栏作家的身份而被刊登在了本地版块）中试图鼓动全体市民起义：反对警察不可原谅的玩忽职守，以及在寻找我们孩子方面的无能。巴勃罗·弗洛雷斯的文章有着宣言般的分量。开头用第二人称直接质问圣克里斯托瓦尔的所有居民：看看你的儿子，你的女儿……然后终于提到了最不能提及的事情：自本市发生达科塔超市袭击事件以来，大家甚至害怕说出"孩子"一词。弗洛雷斯像一位熟练工那样直击问题的核心：每过去一分钟，一秒钟，找到我儿子的难度就会增加一点。最后以一句痛苦的话结束：请帮帮我。

现在仍然很难知道巴勃罗·弗洛雷斯召集大家去卡萨多广场究竟是想做什么。最可能的是出于一个忧伤的父亲单纯的绝望（就跟安东尼奥·拉腊一周前在河边步道前面抓住我的衣领时一样），但是弗洛雷斯显然不只是个普通的煽动者。他四十三岁，职业是经济学家，刚刚丧偶一年，在首府工作了十年后回到了圣克里斯托瓦尔，属于不太普通的一类人，高端职业人士。显然一切并不顺利，他刚回来没几个月，一次突发的心肌梗塞结束了他妻子的生命，一年后，在他刚刚开始恢复的时候，他的儿子又不露痕迹地失踪了。

在《公正报》刊登召集令的同一天——看到形势已经到了快要失去控制的程度，市长胡安·曼努埃尔·索萨召集我们开了一个危机应对会议，提出禁止那次集会的可能，因为集会上"会发生各种可能"。市长担心——不无道理——自己不仅会成为达科塔袭击后所有事件的政界责任人，还会成为民众愤怒最好的靶子。从长远来看，那次会议原本可以成为本省的政治模板：一边是习惯于独断专行的民粹主义市长，另一边是被随意指派的一众官员，最后是无法维持的愤怒局势。

和本省大多数政界人士一样，胡安·曼努埃

尔·索萨的主要缺点不是有多么邪恶，而是完全缺乏想象力。跟他这样的人相比，巴勃罗·弗洛雷斯则完全是反物质一般的存在：还算年轻，有才华，有阶级意识。他不仅是他天生的敌人，而且一直目不转睛地盯着他，手里拿着一块致命的石头威胁着他：在处理儿童危机时的玩忽职守。有人提议，不仅不阻止卡萨多广场的集会，而且组织人参加，以免被定义为"官方敌人"。形势那么令人绝望，父母们那么渴望找到自己的孩子，当人们看到请求原谅的表现和明显的信号时，局势的政治危险就会解除。

　　和所有的预测相反，当天下午 8 点，面对怒气冲冲的人群，索萨走上了讲台，据推测，那个讲台是企图赶他下台的人准备讲话的地方。我自己是绝对想象不到的。我想，是他心里的那个政客走出来了。可能他真正想的是，来几个用力的拥抱和几张亲吻孩子的照片，一切就都解决了，但是没有人想要给他一个拥抱，那里也没有孩子可亲吻。口哨声非常大，他刚走上讲台，笑容就扭曲了。有人作势要扔瓶子，一时间可以看到他脸上的害怕，但是他马上便恢复了镇定。可以肯定的是，在场的四百多人中间还有三十名民警，他们组成了一道人体警戒线，防止他们私自伤害市长。

我站在广场尽头参与了那次活动。把人们团结在一起的似乎是一种激怒他们的力量，因此我认为暴力没有更早开始是一个奇迹。市长的发言很可笑，进一步激怒了人群：他不仅没有指明市里的警察已经在寻找孩子，还在费力地开脱责任，并且保证从那一刻起他将亲自干预那件事情（这恰恰起到了相反的暗示：此前他并没有这么做）。

就在这时，巴勃罗·弗洛雷斯走上讲台喊道：我们必须找到我们的孩子! 卡萨多广场上响起了现在回忆起来仍令我恐惧的吼叫。考虑到在场的大多数人平和——姑且不说是麻木——的性格，似乎不可能有那么激烈的反应。在瓦莱里娅·达纳斯拍摄的录像里，这组镜头在赞同的怒吼之后不久就中止了，但是在现实生活中却持续了五分钟之久。五分钟的鼓掌和呐喊。似乎持续的时间会改变爆发本身的性质：一开始是赞同，然后就不知道是什么了。威胁，愤怒。市长飞快地离开了现场。我想我们正处于危险中。我们所有在那里的人都处于危险之中。巴勃罗·弗洛雷斯本人有些歇斯底里，他已经徒劳地寻找了三天，眼睛因为绝望和缺乏睡眠而充血通红。没有什么比生性理智清醒者的疯狂更为危险了。与那些性格暴躁之人不同，理智清醒者的疯狂带有自暴自弃、激进的特点。就算有人把巴勃罗·弗洛雷斯的儿子放在他面前，他可能都看不见，执念已经深深地蒙蔽了他的眼睛。

他没能说出更多的话。在广场的一个角落里，就是离讲台最近的那个角落，人们打起来了。麦克风的声音被切断了。有那么一会儿，事情似乎快要被平息了，但是突然又变成了一场真正的激战。三十多个人突然被卷入了很可能是由保护市长的便衣警察挑起的打斗中。在广场周边以备可能会发生的冲突的警察小队也立即加入了战斗，从而使得局势无法逆转。

在距离我十五米的地方，我看到了辨识度极高的安东尼奥·拉腊的脖子，我试图向他靠近，但我很快就看不到他了。我以最快的速度离开那里，向市政府走去。半小时后我得知打斗已经结束，有十二人受伤，都不严重，有三人被捕，其中包括巴勃罗·弗洛雷斯。我还知道了另一件事：在整个事件期间以及当天夜里，又有三个孩子失踪了，两个男孩，一个女孩，他们利用了卡萨多广场的骚乱。

爱情和恐惧有着相似之处，在两种状态下我们都会容忍自己被欺骗，被引导，将我们的信任甚至是命运的方向交由某人决定。我曾想过多次，如果事件发生的时间再晚上哪怕只有十年或者十五年，人们会如何处理那三十二个孩子的危机呢？1995 年 1 月到 2005 年或 2010 年 1 月的时间飞跃大概无法复原了。真相，真相的表象，可以把一个九十岁的老太太变成记者的社交网络和手机在那个离我们如此之近，却又那么遥远的 1995 年并不存在。简单的一句"这是真的"在最近二十年发生的变化比它在过去两个世纪的变化还要大，埃莱河步道还是同一个地方，现在可以看到圣克里斯托瓦尔人黄昏时在那里拍照，但同时又绝对不是同一个地方。某种比时间的流逝更神秘的东西改变了它：我们信任的中断。所有那些事情真的发生了吗？年轻人听这个故事就像听神话传说一样，而我们这些曾目睹的人似乎也没比他们更相信多少。毕竟那些录像也起不到多大的作用。看到三十二个孩子的尸体躺在步道上也并没有增加多少说服力。

现在我知道了，卡萨多广场集会的那天晚上，我有一部分已经不再是原来的我。我以最慢的速度走回市政府，一边挪动身体，一边试图制订一个计划。一个奇怪的决定涌上心头，一到市政府我便直接去了胡安·曼努埃尔·索萨的办公室。他正在同阿马德奥·罗克见面，所以让我等了一刻多钟。坐在办公室的会客厅里，那个决定逐渐成形了。

他们让我进去。秘书关上了门。房间里很闷。那是我第一次单独和胡安·曼努埃尔·索萨待在他的办公室。我似乎察觉到了他的恐慌，以及心怀恐惧的人常常产生的那种压迫感。直到那时，我才发觉他正因为卡萨多广场上口哨声的羞辱而火冒三丈。出于某种我没有发觉的原因，他认定我是那个想法的发起者之一。他问我以为自己是谁。一时间我以为他会站起来，扑到我身上，但是他只是奇怪地轻轻抓住了椅子的扶手。而让我更难以置信的是我自己的反应：我冷冰冰地问他他觉得会发生什么。我对他说他没有朋友，在那个市政府里没有人跟他坦诚地讲话。我一边对他讲那些话，一边在心里问自己，是什么促使我采用那种自杀式的态度，这个问题对我来说至今仍是一个谜。我当时意识到，我打算做的许多事情都是应该受到指责甚至惩罚的，但是我很高兴，因为我找到了一个适合所有人的快速解决办法：避免一场社会暴动，为我们提供一个宽松的立场来结束那场危机。

　　我跟他讲了我的计划：第二天让媒体介入，发布一个可以减少发生暴动的可能性的官方说法，立即把巴勃罗·弗洛雷斯从牢房释放出来，动用全市真正的全部警力组成先头部队在天亮时进入大森林。必须找到那些孩子。必须马上找到他们。

我们只需，我说，找到一个孩子就可以了。孩子不是成人，我说，那些孩子总会服软的，只需知道怎么让他们开口。

市长问我我是什么意思。

我告诉他我不认为有必要解释。

然后是一阵沉默，他又开始抚摸椅子的扶手。天色突然黑了下来，我们像两只萤火虫似的待在那个房间的暗处。他打开灯，问我叫什么名字。于是我发现，我竟然一直在和一个脱离最基本现实的人谈话。他甚至都没有认出我，但是他看我的眼神就像醉汉在轻蔑地看着他的妻子，带着一种扭曲的、咄咄逼人的讽刺。他希望我能解释一下我的计划，我照做了。几乎可以听见那个粗鲁却有效的大脑在运作。

"如果我下台了，你也会下台。"他最终说道，由于我没有马上回答，他又说了一句，"如果我下台了，你们都会下台。"

我努力将注意力集中在他的脸上，我惊讶于自己竟如此不谨慎地将自己的命运与那个政治僵尸的绑在了一起。

"似乎是这样。"我回答。

市长露出了一个微笑。

"如果我下台了，你们都会下台。"

某些情况下，一个人理应感觉到的事情是那么明显，所以很难相信有人会感觉不到。知道原因不能减轻痛苦，但是可以解释痛苦，现实的紧迫消失了，作为补偿，给予了它某种理想性的光环，就像有人替我们做出了决定。我看着市长对面的那个我，就像是在看着某个与我毫不相关的外人，我还记得我那个时候的样子，但是促使我说出那些话的情绪（以及那些话中所蕴含的全部力量）仍然完整如初，那个形象确实是我的，但是其中有些许邪恶或者混乱的成分，就像我在眨眼睛时突然恶作剧似的把眼皮向上翻。

其他的时候我更理性 —— 也可能是更宽容——我认为所有的表现像是最常见的一种场景：一个小男孩考验了他的父亲许多天，直到父亲最终失去了耐心，在那个头昏脑涨的时刻拍了一下桌子，站起来准备惩罚那个男孩，在付诸身体暴力之前的那一秒钟还只是思想暴力。难道那一刻就没有什么在发挥作用？还有那个孩子突然转身面向父亲承认自己越界时的那种神情，这一切是真实的，还是仍然只是某种还未发生、还未成为事实的危险？那三十二个孩子已经越过了那个界限，圣克里斯托瓦尔市已经拍了桌子，但是从愤怒变成真正的暴力还需要一段时间。

要想给《公正报》的主编曼努埃尔·里韦罗施压并不难。只需要执行索萨给我的指示就够了。我告诉他，我是代表市长来谈话的，如果他不希望报纸的贷款被市政府取消，从而陷入经济困境，那么第二天就不要刊登任何关于最后失踪的三个孩子或者在卡萨多广场发生打斗的文字。接下来是一阵讨厌的、悲哀的沉默，让我怀疑类似的情景不是第一次发生，只不过参与者不同。我再次惊讶于自己的平静。

"我们不希望，"我继续说，"发生民众暴动，我们必须集中力量寻找失踪的孩子，我们不能危及他们的安全。"

安全，那个有魔力的字眼，那个甚至可以中断最基本逻辑的咒语。曼努埃尔·里韦罗过了很久才回答。他告诉我他同意不刊登又有几个孩子失踪的事情，但是不刊登广场的事情是不可能的，因为目击者太多，而且已经有一个撰稿人在写报道了。我让他把那篇报道改成给主编的一封信，但是报纸的官方态度应该是卡萨多广场集会的发生完全正常，我本人将负责写那篇报道，并且会在一个小时之内交给他。

在危急形势下，人们向滥用职权行为屈服的速度和效率是多么惊人。那是我平生第一次（也是最后一次）向一个人施压。我之前已经猜到，我会感到曼努埃尔·里韦罗在面对我的施压时的抗拒，以及我自己对此的反感，虽然这两种情况都发生了，但是那种情景所特有的沉重，促使他同意、促使我施压的东西都不可避免地超出了界限。我从未想过我们两人会突然并且几乎同时感到同样的恐惧，好像一个人的施压和另一个人的屈辱需要一个共同的场地，更没有想到那种恐惧将以一种如此特殊的方式把我们连在一起，就像是在用一个不由自主的姿势在保护着我们两个。一个内在的行动。

我问他有没有孩子。他回答说有三个。

"这一切都让人不太舒服。"他说。

"但不会持续太久的。"我回答道。

"只要你我这样的人还在做这种事，它就会持续下去。"

这是一个谨慎的告诫。我很久之后才明白，因为那天晚上过得太快了，我没来得及分辨出其中并没有任何的人身攻击，但是我当时产生了这样的感觉，于是傲慢无礼地做了回应。他没有再回答，只是挂了电话，从那之后就再也没有和我说过话。那一天已经过去了二十年，但是每当我遇到他，想要走过去的时候，他都会不加掩饰地转身背向我。如果能给我一次机会说半分钟的话，我会发现我唯一想说的就是感谢他的那一举动。

大家达成了第二天也就是 1995 年 3 月 11 日凌晨 5 点进行搜查的决议。除了一百六十四名市政警察，预计还有至少四十名志愿者，其中大多数都是最后失踪的那些孩子的家人。巴勃罗·弗洛雷斯负责志愿小组的"招募"。我们需要一个在那些家庭面前具有权威性的人物，没有人比他更合适了。我们给了他一份志愿参加人员的基本指示清单，要求他们务必准时到场。那天夜里我几乎没有睡觉。在确保《公正报》会刊登我写的关于卡萨多广场事件的文章之后，凌晨 2 点我才离开自己的办公室。

　　在回家之前，我看了一眼警察局长阿马德

奥·罗克的办公室，他那时正在和合作者开会设计黎明时的搜查路线。和许多人以为的不同，罗克其实是一个好人。无趣和小心眼倒是真的，但是终究是个好人。他那张严肃的脸和开始脱发的脑袋与女人般宽大的臀部很不相称，但是他学会了用总是充满活力的动作来抵消那种感觉。他旁边有四个人正俯身看着一幅巨大的城郊地图。罗克说话的声音比平时略大，他的合作者看上去有点害怕。我感觉孩子们的事情已经开始超出了他的预想，达到了令人焦虑不安的程度，似乎即将发生的事情的不可预见性使得他组织思维时惯用的严密逻辑短路了。不只是因为他已经收到了十多次来自市长的严重警告，也不是他的工作可能不保，而是某种更深层的东西，更根本的东西，某种他已经无法同自身联系在一起的东西，让他即使面对很小的刺激也会产生明显粗暴的反应。

我们所有的人都筋疲力尽，看起来像行尸走肉。阿马德奥·罗克正要在地图上指出第一小组第二天将要开始搜查的地区时，铅笔芯断了，他没有削尖或者再要一支，而是直接把铅笔掰成两段扔到了助理的脸上。那一刻很奇怪，很出人意料，尤其是发生在一个像他这样注重举止到了神经质地步的人身上。那不仅是一个粗暴的反应，更像是一种表演，或者更确切地说，像是一场表演的彩排。他想"看到"自己做一些难以预料的事情。现在我明白了他不是唯一一个。我们所有在那里开会的人相互之间都保持着一定的距离，不是因为我们不知道其他人会有怎样的反应，而是因为我们已经开始无法控制自己的反应了。

两个小时后，市政府已经没有人了。我们离开的时候几乎都没有互相说再见。发生了那么多事，夜晚却那么宁静，真是荒谬。月亮几乎是满月，在人行道上没有灯光的地段投下树影。在十五分钟的回家途中，我以为我的面前随时会跳出一个孩子来。我想象他有着安东尼奥·拉腊那样的驼背和面孔，那是他父亲给我那张照片上的样子，我一直随身带着。在我的想象中，他看起来就像是童话故事里虚构的生灵，一个精灵，一个妖怪。有那么几分钟——就像在寓言故事里——我以为他的出现只取决于我的渴望，如果我的渴望足够强烈，那个孩子就会出现，但是我许愿了，却没有人出现。几乎没有风，我家门口静悄悄的。起居室和小姑娘的房间都没有光亮，只有我的卧室透出一点微弱的光，是马娅的床头灯。

我打开门，莫伊拉过来迎接我，就是刚到那座城市时在家门口被我撞的那只狗。我们没能把它变成一只家犬。它总是和我们一起住上很长一段时间，然后就消失了，几个月后又回来，饿得半死或者在打架中弄伤了脖子。那只动物知道我们家不仅是一个住处，更是它回来等待奇迹的地方。每次它一来，我们都既高兴又不安地迎接它。马娅出于迷信不碰它，而小姑娘被我们禁止和它玩，因为害怕它每次回来都带回病菌。最后一次它甚至比被车撞时还要接近死亡：一种叫做肤蝇的热带飞虫将幼虫注入他的皮下，那些寄生虫连续数月一直以它的肉为食，它回到我们家时几乎已经无力回天了。我用手拨开它的毛发，发现了一团恶心至极的幼虫，有一个橘子那么大，在它的脖子下面蠕动着。那团半盲的活物停顿了片刻，然后更加疯狂地蠕动起来。现在那只狗又好起来了。它充满活力地喘息着，在黑暗中凝视着我，那种执着如果换成人的会令我难以忍受。它的伤已经治愈，只是项圈下面秃了一块。

我想，一切都抗拒死亡，从幼虫到红杉，从埃莱河到白蚁。我不会死的，我不会死的，我不会死的，似乎是这个星球上唯一真实的呐喊，唯一真正可靠的力量。那只摇着尾巴迎接我的狗莫伊拉就是证明，房间里熟睡的小姑娘就是证明，到卧室后我跟马娅讲发生了什么事情时她的关注就是证明，我妻子眼中凝聚的智慧之光就是证明。在给她讲那些事的时候，我强烈地感觉到了那种基本呐喊的必要性——我不会死的，我不会死的，我不会死的——我觉得好像有某种东西正在我们上空形成，在马娅和我的上方，某种类似幸福的东西。但即使是那种积极的能量也无法驱散呐喊中的不安。

我详细地告诉了她卡萨多广场的骚乱事件。

我告诉她那天晚上我向《公正报》的主编施压了，还告诉她天一亮搜查就会开始，我们决心一劳永逸地解决问题。

马娅让我闭上眼睛好好休息。我一言不发地看着她。黑暗中她睁着一双乌黑的眼睛，硕大的瞳孔什么都看不见，就像刚刚出生的婴儿。我觉得她正在以一种不可言传的方式为我感到骄傲，但并不是因为某些显而易见的原因，并且和往常一样，她不打算告诉我。我突然感到了一天下来的疲倦，但是我周围的一切越是安静，那句呐喊的回声就越大。马娅将手放在我的背上，侧躺在我身边。这是她每次想让我平静下来时会做的一个简单动作。那只小巧、温暖、指尖因为小提琴琴弦而生茧的手，这会儿似乎比平常更热了，仿佛那不是手，而是某种有点粗鲁的东西，一个抽打着我把我逼向悬崖的棍棒。期间可以一遍遍地听到那声呐喊，有时伴有大笑时刺耳的喘息声，有时又像是甜蜜而不安。我不会死的，我不会死的，我不会死的……

　　我浑身是汗地醒了。

　　"你一直在说梦话。"马娅低声说道。

　　"我说什么了？"

　　"听不清楚。"

"不想告诉我吗？"我问。

我的妻子有一种独特的方法来回避她不喜欢的诉求，她微笑着，却做好了扣下扳机的准备。

"既然你不想知道，何必要问我呢？"

我们的对话常常这样结束，就像一则东方寓言。我告诉她也许我当天回不来，我们打算一直搜查直到找到那些孩子。她回答说不要做超出我能力范围的事情。她还说了句令人不安的话，并且很有她的风格：不要害怕。

"害怕什么？"我问。

"害怕找到他们。"

清晨5点，空气像是透明的，还有几盏街灯亮着，听不到任何人声。我太困了，朝河边步道走了两百米才察觉到莫伊拉正跟在我身边跑。它戴着一个白色的防寄生虫项圈，活动的时候，上面的小穗子发出柔和的叮叮声。就跟我第一次见到它时一样，它那混血牧羊犬的优雅再次令我惊叹。我知道它在试图报恩，我摸了摸它的头表示感谢。

　　搜寻团队由两百多个人组成，有警察也有志愿者。大家都聚集在旅游码头旁边。我很惊讶竟然有那么多人，而且准备得那么充分。那个时候的码头和今天的很不一样，那时渡河的船不是如今那种令所有圣克里斯托瓦尔人引以为豪的闪闪发光的白色双体船，而是一种漆成蓝色的小船，某个风趣的人给它起了个绰号叫"小可爱"。阿马德奥·罗克登上船尾，通过话筒大声说他是警察局长，即将做出一些关于追踪的指示。他看上去没有前一天晚上那么疲倦，但是怒气更大了。他死死地抓住船的栏杆，像是在驯服一匹烈马。他大声说第一天的搜寻计划是彻底搜查大森林进深差不多六公里的区域，因为那些孩子不可能进入更深的区域。他们打算从东侧开始，那里是最后一个有人报告曾目击过他们几次的地方，然后从那里呈扇形展开直到该市的西侧，像是一场围猎。

大家（几乎所有的随行人员都是男性，只有五六个时任安全机构人员是女性）都很紧张。他们基本上都遵守了对他们下的指令：身穿长裤和靴子，浅色的棉质衣服。他们表情严肃而困倦。整个场景一时让我想起小时候春天到来时在黎明举行的朝圣。一个和人类的生存一样古老的仪式：庆祝季节的轮回，意识到季节的变化，向神明祈求繁荣。与那个只有干季和湿季的两极化的大森林相比，拥有四季的世界似乎属于另外一个星系。阿马德奥·罗克在船尾大声下着指令，黎明的曙光渐渐勾勒出之前一直模糊的面孔。其中一个搜查小队，距离大河最近的一个，将由巴勃罗·弗洛雷斯指挥。在搜查中给予他一定的权力是绝对正确的。他的焦虑似乎有所缓解——很可能是因为疲劳——但是仍然带着当初登上卡萨多广场讲台时的那种疯狂眼神。然而我没有看见安东尼奥·拉腊。我敢肯定他在队伍里，因为我曾在名单中看到他的名字，但是我没有找到他。汽笛鸣了三声，这是搜查开始的信号，我们各就各位。

我们已经从达科塔超市袭击事件后第一次搜查的失败中汲取了一些教训。所有的男人都随身携带砍刀、哨子和手电筒，每十人共用一套物资，包括当天夜里卫生部门准备的各种蛇毒的解毒剂。他们还设计了一张基本知识挂图帮助大家学习区分蟒蛇、响尾蛇和珊瑚蛇，解毒剂被分装到不同颜色的小瓶里，上面有对应的蛇头图案。与尽早注射解毒剂几乎同等重要的便是准确识别我们是被何种毒蛇咬伤的，搜查队里的一名医生解释说，然后他简单地演示了一下应该如何捏起皮肤进行注射。还有一种装有抗组胺药的小注射器用于蜘蛛咬伤。警察局长强调了人与人之间保持二十米距离，不要走出两侧同伴视线的重要性。如果有人看到了某个孩子，不要去追他，只需吹响哨子，继续以同样的速度靠近他，绝对不要断开封锁线。

我们的很大一部分回忆都取决于时间在我们的感觉上留下的印记。当我们终于进入大森林后，那里的空气真的是乳白色的吗，还是一切只是我的感觉失真了？我对河边的第一段路非常熟悉。刚到这座城市时，我、马娅和小姑娘常去那里的几家很红火的烧烤店。现在它们还在那里，但已经废弃了。烧烤架已被拿走，只剩下破破烂烂的砖砌桌子，像是原始文明留下的简陋废墟。我感觉距离那时已经过去了千年，我很怀念我的天真。但是树木并不关心善恶，昆虫和植物的根并不关心人类的理由，更不会聆听怀念，不过这种想法确实让人感到一点安慰。

几乎像是一场游戏：一行浅色的队列消失在密林中，一路上借助砍刀开道，但是尽量不发出声响。只能听到我们为了避免踩到倒在地上的树枝和树干而放缓的脚步声，以及远处不时传来的哨声。一声哨响表示停止前进；两声表示继续前进；三声表示发现了某个孩子。如果哨子响三声，就必须前往发出哨声的地方，同时与两侧的同伴保持距离，对团伙实施包围行动。我们走得特别慢，所以短短几分钟后我们几乎就失去了寻找的感觉。更有甚者，在穿越埃莱河的一条很小的支流后，我们不得不重新集合，重新展开队列。这个简单的过程几乎花了我们一个半小时，然后才回到各自的位置上。大家看上去专注而沉默。向森林深处跋涉两个多小时会让人流露出一种无端的忧郁。我一直认为涅埃社会注重礼仪的一大部分原因在于植物给思维造成的天然迟缓。但是大家都很确信一件事：我们将会找到那些孩子。可能只需要几个小时，也可能要超过三天，但我们总会找到他们的。马娅的话虽然听起来奇怪，但是很有道理：那个想法令我们害怕。

莫伊拉在我身边无拘无束地跑着，似乎非常熟悉那个地区，只是偶尔离开我几米，嗅一嗅某个树干，然后不悦地跑回来。我想那畜生根本不知道我在找什么，但是它突然站定不动，叫了起来，声音很坚定。我朝它看的方向看过去。什么都没看见。紧挨着一片大树立着一道植物屏障，还有空旷的红土地。

阳光透过树顶的叶子照了进来，在地面上洒下点点金光。这种直觉并不是来自某个具体的身体部位，但我突然意识到那只狗已经看到了某个孩子。我再次转身看它，估算它视线的方向，纠正我的视线方向。再去看的时候，我感觉那道植物屏障有些杂乱，就像人非常疲倦地看向某处的感觉，然后，一个令人毛骨悚然的东西赫然伸了出来。

于是我看见了。

在那片空无一物的绿色中露出了一个下巴。

一张嘴。

两只像嵌入的大头针一样的眼睛。

四年前，在朋友儿子的婚宴上，我和一个戴着可笑领结的人坐在一桌。那是马娅生命中的最后一年。妻子的病令我的心情很糟糕，任何谈话对我来说都索然无味，百分之九十的人都愚蠢得让人无法忍受。小姑娘已经不再是小姑娘了，她爱上了一位物理老师，刚刚搬走和他一起住了，这让我既受伤又宽慰，因为在最后那几个月里，与她母亲的病相比，她恋爱时的神经质更让我烦心。我可能要失去马娅了，并且要独自面对她去世之后的孤独，这让我觉得这个世界是一个粗陋的、没有意义的构造。我陷入了一种曾被人准确地称为"痛苦者的高傲"的生活状态，那种长期的怒火使得许多人在经历了漫长的痛苦之后，最终认为这些不幸赋予了自己一种道德上的高尚。我和马娅差点儿没去参加婚礼，当我们坐到桌前，看到那个戴领结的男人时，我想跟她说我们走吧。两分钟之后，倒是我不想离开了。他不仅很有魅力，很有趣，而且出于某种原因对我的妻子关怀备至。这令我很感动。疾病或者同疾病的接触也会产生奇怪的同伴关系。婚宴快结束的时候，在跟新郎新娘开了几个玩笑之后，他稍微严肃了一些，问了一个奇怪的问题：

"如果我们第一次见到一个人时就感觉到了一种信号，他会成为我们生命中具有决定意义的那个人，那么会发生什么？"

"哪种信号？"马娅问。

"不见得是有形的信号，不一定是一束光或者一个声音，但是却很明显，很确定，让我们明白那个人将永远都是我们所有决定的一部分。"

有人反驳说，尽管其形式不完全确定，但是那种感觉已经以直觉、一见钟情的形式存在了……那个人摇了摇头。

"我指的当然不是爱情。我指的是见证人。"

于是他陈述了一种像他的领结一样扭曲混乱的理论：我们所有人都有一位见证人。我们秘密地想要说服他，我们所有的行为都指向他，我们无法停止与他的秘密对话。他还说那个见证人不在最明显的地方，几乎从来都不是配偶、父亲、姐妹或者情人，而往往是正常生命进展中某个普通的次要的人。

我觉得坐在那桌的所有人中只有我听懂了他的意思。

在那段长篇大论之后的沉默中，我似乎看到了赫罗尼莫·巴尔德斯的脸。在生命的最后十五年里，赫罗尼莫·巴尔德斯曾是我的见证人（那时他还活着，被关在省监狱，他曾多次出入监狱），我想正如那个男人所言，十五年前在那次大森林搜查中第一次见到他时，我也有过某种类似于信号的感觉，当时那只狗紧紧盯着我面前的密林，我觉得他的五官从树叶之间露了出来。赫罗尼莫·巴尔德斯那时十二岁，但是他又矮又瘦，很容易被当成九岁的孩子。他的脸尖尖的，像是松鼠，眼睛和头发都是栗色，仿佛大自然把他涂成了三种颜色，牙齿是闪亮的白色，头发是栗色，皮肤和嘴唇是深褐色。

他离我大约二十米远，一动不动。白色背心上沾满泥污，迎面看着我。他看上去很敏捷，像一只幼鹿，这种动物能跳到自己身高的十倍那么高。那一刻产生了一种信号，但是我不知道具体是什么，也不知道我们为什么沉默了那么久。甚至我都不知道是确实过了很久还是我自己的紧张延长了我对那几秒钟的感觉。尽管齿间含着哨子，但是我并没有吹响它。阻止我的不只是惊讶，也有一种那个男孩在隐隐地恳求我不要那么做的感觉。一时之间，我觉得他弱小的身躯能否立住在某种程度上取决于我的"重力"，我是那个让他保持在地面上的引力。我用力抓紧狗，以免它突然冲过去，但是片刻之后，我自己开始追他。赫罗尼莫转身就跑。

印象中我跑的时间不是很长，我这么说还因为它在我身体上留下的痕迹：我的脸被划破了，膝盖也不知道在哪儿撞到了，因为第二天膝盖肿了。那只狗从我面前穿过，我无意中踢了它一下，它哀怨地叫了一声。又往前跑了三大步之后，我第一次抓住了赫罗尼莫的背心，我们两个差点儿绊倒，他挣了一下，得以逃脱。又跑了几米后，我终于抓住了他的一只胳膊，但是他开始用力地踢腿。这让我想起几个月前，在我家花园里抓住听马娅演奏的那个女孩时的感觉。他不像是一个孩子，更像是一条大虫子，一种长着八只或者十只脚的生物，那些脚绝望地朝着不可思议的方向扭动，每一只上面都有一个或抓或挠的小钩子。他身上散发着一股酸臭味，类似于城市贫民的味道，但是更甜一些，像是过期很久的酸奶。

稍微直起身来看他那只没被抓住的手时，我便明白了是怎么回事：赫罗尼莫的那只手上沾满了血，手里紧紧攥着一把棒棒糖大小的折刀，指关节因为用力而发白。他已经在我的胳膊上扎了两刀，而我因为兴奋，并没有察觉。我们两个迟疑了一会儿，都很震惊，于他，是因为用刀子扎了我，我则是因为除了金属味儿，什么都没有感觉到。在惶惑之后，他又开始拿刀扎我，这次扎的是胸部，但是我紧紧地抓住了他的手，用力将他的大拇指压向手腕，直到他发出一声惨叫，倒在地上。他脸上的污垢足以铺满一个院子，头发比刷子还要硬。上唇有一处疱疹或者灼伤，颜色很深，令人不安。

"你老实点，"我对他说，无法忍受他的眼神，"听见了吗？"

但是赫罗尼莫什么都没有回答。

我们绝不会因为第一次出现时是无辜的就被接受，我们的最高刑罚不是必须证明自己是什么，而是必须一次又一次地证明它。也许这就是我想告诉那位戴领结的智者的：是我们自身的某个部分选择了他作为不可跨越的对话者，这并不是见证人的错，毕竟是我们强迫他们去假装的。没人能够永葆真实，即使是儿童见证人。

赫罗尼莫有一种古典美。和所有的涅埃孩子一样，他的脸总是很上镜，与他禁欲主义、唯意志论的真实性格形成了鲜明对比。他很少笑，于是他的笑容变得很美妙，尽管他很喜欢玩笑，但他错把它们完全当成了真的，在这一点上他也很像圣克里斯托瓦尔人。他是本省一对茶农夫妇的第四个孩子，从学会走路以后就在圣克里斯托瓦尔的大街上乞讨。他的生活就像梦中的声音：很不寻常，因此我并不奇怪他一开始就加入到了那三十二个孩子中间。在大家所熟知的那些录像中经常可以看见他：在达科塔超市被袭后跑出超市的孩子中有他，瓦莱里娅·达纳斯纪录片中复制的那些没有注明日期的照片中也有他……所有画面中的他态度都有点冷淡，总是有些疏离，尽管如此，他的存在没有显露出任何被排斥的迹象，而是完全相反，显露出他很受尊重，好像其他孩子都在敬佩他的某种品质。

许多年后，在某一次去省监狱探访时（赫罗尼莫那时已经二十岁了，因为恐吓抢劫再次入狱），我问他那天我在大森林里"抓获"他时他有什么感受。他告诉我他知道自己会出事，那天夜里他一直都很害怕。他很少这么明确地回答我，因为几乎每次说起当年的事情，他都很回避，不愿多谈。他不记得自己为什么是一个人，去那个离其他孩子那么远的地方做什么。我的确相信他不记得了。与其撒谎，赫罗尼莫·巴尔德斯宁可不说，而且每当说起当时的事情时，他便恢复了初次见面时那种充满敌意的眼神。但是那种敌意从未变成仇恨，而我对他也根本谈不上仇恨。

也许如果没有先理解和原谅自己，就不可能理解和原谅他人。当我抓住他的手将他的大拇指用力压向手腕，简直要把他的手腕掰断，并且用尽全力吹响齿间的哨子时，我清楚地意识到自己正在对他进行宣判，因此我无法直视他的目光。

那天后来发生的一切就像是一团模糊不清的星云，留在我的记忆里：我知道我在某一时刻失去了意识，被行军担架抬着送到了省医院，到达医院时已经失血一升，我知道当我恢复意识时，马娅和小姑娘正在我身边，小姑娘正用一双惊恐的大眼睛看着我。看到我受伤，那个几乎已经是少女的她一时又缩了回去，小姑娘又重新回来了。她的眼里含满了泪水，搂着我的脖子给了我一个吻。马娅说我睡了十二个小时，因为刚到医院时我已经精神失常（对此我没有丝毫的记忆），医生不得不给我使用了镇静剂。她还告诉我搜查已经结束，没有找到孩子们。

"我找到的那个孩子呢？"

"只有一个，"她纠正了一下，"就是你找到的那个。"

"他们真的一个都没有找到吗？"

马娅没有回答，就像每次我提出一个冗长的问题时一样。我的东方小女人。

"你疼吗？"她问。

我感觉到我必须认真地思考回答，即使是最基本的回答。我努力地回想着短短几个小时之前距离我的脸不足几厘米的那张脸，却无法回忆起一个确切的形象。我只记得他的弱小，赫罗尼莫的弱小，我觉得那不仅是一个特点，更像是一种生存状态，就像手中第一次捧着一只活生生的小鸟，感受它小小的心脏在紧张地跳动。我第一次审视我右臂的刀伤，一处在前臂，另一处更大的半圆形伤口在肱二头肌。骨折般的疼痛持续不断，马娅告诉我，按照医生的说法，我真是个幸运的人，因为如果再往右几厘米，折刀就会一刀切开桡骨静脉和肘正中静脉，会导致三倍的失血量，几乎是必死无疑了。

半小时后，阿马德奥·罗克来到我的病房，告诉我那个男孩叫赫罗尼莫·巴尔德斯，多亏了《公正报》刊登的一张照片，他的家人认出了他。男孩似乎什么都不想知道，他的父母（他们之所以出现，只是因为事件的公共影响，以及害怕受到法律的惩罚）看起来也像什么都没有发生一样，也不想知道更多的事情。他们说他一直是个性格暴躁的男孩，有一次甚至企图杀死自己的弟弟。自从进了牢房，他就处于半野人状态，不吃东西，他们不得不强迫他洗漱，他"用一种无法听懂的语言"回答所有的提问。阿马德奥·罗克样子很狼狈，似乎三天没睡过觉了，炎热让他的皮肤发蓝，好像从里到外都在变软。这个城市——他继续说道——即将发生类似于卡萨多广场事件的事情，而这次搜寻工作的失败会加剧人们的不满。市长正要辞职。警察在超负荷工作。发生了一起电器商店袭击事件，两起加油站持枪抢劫事件。中央政府正要宣布从本省其他城市调派警力进行支援。大森林的孩子消失得无影无踪。真正意义上的无影无踪。赫罗尼莫·巴尔德斯拒绝开口。我们陷入了僵局。

1995 年 3 月 15 日，搜查行动过去两天后，我胳膊打着吊带离开医院，前往关押赫罗尼莫·巴尔德斯的警察局。我的伤口仍然剧痛，市长半小时前打电话告诉我孩子在那里。

"让他开口似乎不太容易。"

我请求他让我进入当时由阿马德奥·罗克领导的审讯组，他回答说我有四十八个小时的时间，因为之后那个男孩将接受司法处置，这意味着他将在少管中心接受隔离，直到再教育基金会与他会面。我感觉事情到了这种地步，对市长来说一切都已经无所谓了。

"我不觉得能有多大的作用，"他说，"但是如果能让您开心的话……"

　　我读到过一位印度智者将他一生中的所有不幸都归咎于他童年时曾轻率地用一块石头砸死了一条水蛇。谁能保证马娅的病、我女儿对我的冷淡，又或者是我对这个美丽世界的冷漠，与我曾经连续四十个小时不让一个叫赫罗尼莫·巴尔德斯的孩子睡觉没有关系呢？

　　那个主意是在同市长的那次电话谈话之后产生的，几乎在不经意间，我想起了有一次在连续两天失眠之后又紧接着进行漫长的飞机旅行是如何让我濒于疯狂的。我记得在最后几个小时里，当时我已经连续三十五个小时没有睡觉了，在和空姐大发雷霆之后，我感觉我的身体投降了，"崩溃了"。我无法给出准确的解释，但是当时我似乎听到了咔嚓一声，让我以为我要心肌梗塞了，然后喉咙也难受得很。周围的人开始迷惑地看着我。我感到飞机发动机的嗡嗡声非常之大，痛苦开始蔓延到身体。我记得我当时甚至认为，如果不能在接下来的五分钟内睡着，我就会把舌头吞下去，那种荒唐的恐惧让我伤心地痛哭起来。就在那时，被我辱骂过的空姐做了一个令人感动的同情之举。她拿着一个枕头和一条毯子走到我跟前，请我跟她过去，然后向我指了指飞机尽头的两个空座。我像一个僵尸一样跟着她。她掀起扶手以便我倚靠，然后让我躺在那里。可能听起来像假话，但是我从未那么感激过。一时间我差点儿扑在她脚下痛哭，她看到我那么绝望，于是留在我身边，甚至为我盖上了毯子。看到她做这些，在闭上眼睛前的一瞬间，我想我愿意给她任何她想要的东西，确确实实：任何东西。

　　往警察局走的路上我一直在思考，我觉得赫罗尼莫·巴尔德斯应该非常疲倦，只需一个晚上不让他睡觉就可以了。另一方面，我的计划不是很新颖。一个好警察，一个坏警察。坏警察是阿马德奥·罗克，他会一遍又一遍地叫醒赫罗尼莫·巴尔德斯；好警察，就是那个允许他睡觉的警察，也就是我，我将扮演那三十二个孩子父母中的一位。我的计划是试图说服他相信我是安东尼奥·拉腊的父亲。无论是在允许他休息时还是在叫醒他时，我们都会一遍遍地问他同一个问题：

其他人在哪里？重要的是问题没有任何变化，一直一模一样。其他人在哪里？其他人在哪里？其他人在哪里？直到今天，只需把这个问题重复两次，它还是会像穿颅术的金属声那般再次敲击着我的耳膜。其他人在哪里？

到牢房后，我非常惊讶地发现赫罗尼莫竟然那么瘦小。他真的是在大森林里差点儿把我杀死的那个孩子吗？然后，在仔细观察之后，他又恢复了他的优雅。他已经有两天几乎都没有吃东西，但是他看上去根本没有孤独无助的样子，反而有一种少有的尊严。我从未见过那样的孩子。给人的感觉是他就像在本地出生的人一样生活、思考，除了单纯的生存，从未有过其他的担忧。他的表情带着一种自发的伤感。我请求单独和他待一会儿，然后坐到了他身边。我问他是否记得我，给他看了我的胳膊和伤口，提醒他是他干的，他的回应则是一个完全不相信的眼神。他身上已经没了臭味，而是散发着淡淡的肥皂香，头发也精心梳过，但是嘴唇上的疱疹仍然赋予了他的脸一种不凡的气质，像是从一堆死者中被复活的小拉撒路。我从口袋里掏出安东尼奥·拉腊的照片给他看。他拿过去就近看。然后他低下了头，我看不到他的表情。

"他是我的儿子。"我撒谎说。

于是他突然转向我，仿佛安东尼奥·拉腊是一个魔鬼。我无法确定他的眼神是崇拜还是恐惧，但无疑是很吃惊。

"你不想帮我找到他吗？"

他没有回答，我将那只没有受伤的手放在他的肩上。他任由我的手放在那里，既没有躲开也没有抗拒，在我看来像是一种脆弱。

并不容易。十个小时后赫罗尼莫开始打瞌睡了。我们做的第一件事便是把牢房里的单人床搬走，只留下一把椅子，但是那个男孩脱下背心铺在地上，像练瑜伽一样躺在上面。阿马德奥·罗克任由他入睡，接着他进入牢房，猛地撞上门。赫罗尼莫跳起来，爬到椅子下面。我在牢房门的有色玻璃后面静观整个场景。那一切构成了一幅不合常理的简笔画：男孩，椅子，马桶，洗手池。

每当我有认为自己比其他人更优秀的冲动时，

只需回想起自己曾那样折磨了一个十二岁的孩子整整两天，只是为了让他告发自己的同伴。这在某种程度上像是那些不幸家庭中的沉默，比公开的争吵打架更糟糕。每次赫罗尼莫刚刚睡着时，阿马德奥·罗克就会进去推搡他，直到把他弄醒，然后我进去问他：其他人在哪里？你不想帮我找到我的儿子吗？接着我允许他躺在地上，假装允许他睡觉，甚至在他闭上眼睛的时候抚摸他的头，只是为了二十分钟之后阿马德奥·罗克再进去重复那一系列动作。

我记得赫罗尼莫的头发那干燥的触感，感觉和意识的远与近、水与油。有时只要一想起那些场景，我就会产生一种反胃般的排斥，但是通常我的感觉只是目眩，我无法躲避这样一种感觉，做那些事情的人不是我，而是其他人，一个毫不相关的人，但是我可以认出甚至记起他的每一个感觉。同时，赫罗尼莫是另外一个孩子，不是后来的那个少年，也不是我将去监狱看望的那个年轻小伙子，或许甚至都不是曾经和其他男孩女孩一起生活过的那个真实的孩子，而是一种我试图降服的自然力量。但是那些我和警察局长用实用主义逻辑和绝望的态度思考的东西，赫罗尼莫却是用直觉和忠诚思考的。

那三十二个孩子去世多年后，我读到一个生物实验，将六只苍蝇和六只蜜蜂放入一个长颈玻璃瓶里，将瓶子水平放置，瓶底朝向窗户，看看谁先逃出：苍蝇从与窗户相反的方向逃了出去，但是蜜蜂一次又一次地撞向瓶底，最终撞死了，它们无法相信出口不在光线明亮的地方。那些蜜蜂让我想起在那些日子里，赫罗尼莫从未停止相信我这件事给我带来的震惊。我当然听不懂他说话。他跟我说话时用的语言像是鸟鸣，净是些难以理解的音节。他从未停止相信我是他的保护人，那种深信渗入了他的基因，就像是罪恶扎根在一个强大的意志里。我就是让他的智慧撞得粉碎的那束光。每次看到我出现时，他的表情就会变得柔和。哪怕是我走进那个牢房，告诉他太阳熄灭了，他也会相信我。我现在还明白了（最终，这种明白与其说是一种天赋，不如说是一种训练）他的轻信就像我们在将近四十个小时的时间里对他的折磨一样恐怖。也许他的轻信是大自然惩罚我的方式。不管我的想象给予它什么名称，无论过去多少年，它依然那么令我痛苦。

直到最终他屈服了。

那只是时间问题，我们都知道，但是当它发生时，我们都很吃惊，仿佛看到了奇迹。它发生在折磨开始的四十个小时之后，接近第二天晚上。我走进牢房，知道有些东西发生了变化。赫罗尼莫的嘴唇像果冻似的颤抖着，他开始用食指的指尖梳理眉毛，一个在我看来既脆弱又成熟的动作。他用那种听不懂的语言说了几句话，我再次给予同样的回答，说我听不懂他在说什么。他又梳理眉毛。警察局的医生提醒过我们，一段时间过后那个男孩可能会产生幻觉，而那大概就是他的健康面临危险的明显信号。一时间我担心他做出难以预料的举动。我向他走过去，将一只手放在他的肩上，但是他马上把我的手拿开了。最后几个小时他开始发痒，腿不安地抖动，像是孩子们在考试时有时会产生的那种不安。

我问他饿不饿，尽管他没有回答，但是我让

人给他拿了一个三明治和一杯水。他第一次真正有胃口吃东西，但是他每次喝水的时候都有些走神，像是在内心寻找一些已经忘记的词语。有十分之一秒的时间我甚至感觉他的脸红了。吃完之后，他平静地站起来，把盘子放在地上，把椅子挪到牢房朝向大街的窗前。他不让我帮他，等到最终爬上去之后，他用双手抓住了窗户的 × 形栅栏。然后他让我过去。再次用那种听不懂的语言和我说话。几乎是在耳语。

"我听不懂你的话，赫罗尼莫。"我再次重复道，声音也很低。

他转身面向我。我感到害怕。他的黑眼圈接近紫色，微微有些发光。看到我，看到自己，看到自己正站在那张椅子上向栅栏外张望，他似乎很吃惊。

"其他人在哪里？"我再次问道。

于是他再次转身，面向窗户，指了指下水道，第一次用纯正的西班牙语低声说：

"他们在那里。"

就像那些发现了不忠行为的人一样，一种感觉涌上了我的心头，原来过去充满了各种信号：院子里那种我原以为是老鼠发出的声响，超市门口被翻乱的垃圾……有些事情我们只有在能够接受时才会明白，但是有时我心想，抵制"那些孩子住在下水道里"的最明显信号的恰恰不是智力。我想城里曾经有人（肯定有人）看见过他们，但是却没有说出口。很多时候我们遵守周围的道德只是因为现实不如想当然可信。说到底，难道我们可以完全相信人们常常夸大其词地称之为亲眼所见的东西吗？

我们控制住了冲进下水道的冲动，因为事情

到了那个地步，如果某个孩子受了伤，我们就真的很可能会被关在监狱里关到死。另外还有一种确凿的担心，一种贯穿一切的担心，像是一种与梦关联的状态。那种担心非常纯粹，感觉它就在我们耳边嗡嗡作响。我们召开了危机会议，在阿马德奥·罗克的桌子上展开了下水道管线图。整个系统呈星状，通到东城，六条管道汇成埃莱河上的一条大排水管。我们不确定那些孩子具体在哪里，但是我们根据地道的大小和高度（许多地段不超过半米）推测他们只可能在四个地点，这四个地点挨得很近，并且相互连通，就在河边步道和十二月十六日广场区域下面。

与其说是不安，我们更像是被麻醉了。各种主意都匪夷所思。阿马德奥·罗克建议从市政府下水道直接进去，某个荒唐的人甚至想在下水道里点火让他们窒息，用烟把他们熏出来。阿尔韦托·阿维拉——一个区警察局的领导——提议封闭T区（我们认为他们所在的街区）所有的下水道出口，从相距几百米的几个等距离点进入下水道，搜查所有的地道，直到抵达唯一的被包围点。

多年之后，我从赫罗尼莫·巴尔德斯那里得知，我们的成功纯属偶然。那些孩子前几个星期并没有住在那个街区的下水道里，而是在西北区，这也符合逻辑：那个区离大森林最近。按照赫罗尼莫的说法，他们搬迁的原因是其中一个女孩被蛇咬死了。他坦言在搬往市中心的下水道之前，他们用在附近找到的散砖将那个女孩埋在了废弃的烧烤摊旁边。一切都结束的一周之后，我亲自和社会事务部的工作人员以及殡仪馆的两名技术人员去那里挖掘尸体，没有任何其他人。在那六天的时间里，报纸上唯一重复出现的就是那张河边步道上躺着三十二具孩子尸体的著名照片，因此没有人很在意另外那具不合时宜的尸体。我们在赫罗尼莫告诉我们的地方找到了它。确实是一个女孩，大概连十岁都不到。他们将她以胎儿的姿势埋葬，以便将工作量降到最低。她身上盖着一条毯子，周围有类似于残存的食物和小玩具的东西。她已经被埋在那里几个月了，再加上大森林天然的湿气，所以尸体出现了不同程度的腐烂，上面满是棕色的斑点，却有几处完好无损，让人觉得不可思议。她的左手攥着三个摩比世界的玩偶。当一个技术人员从她手里拿走那些玩偶仔细研究时，我产生了一种不安的感觉，觉得他做了亵渎之事。她的额头上有一个大大的 Z，脸上被死亡赋予了一种生气的表情。左脚踝上导致她死亡的咬伤肿起，颜色是刺目的黑色。伤口周围还被人用粗笔画上了图案，像是彩虹和星星，从腿上一直向上延伸到腹部，然后有人在腹部画了一个大大的太阳，并写上了她的名字：安娜。我们挖出她的尸体时，她的同伴们刚刚死去一周，我感觉她死亡的事实通往某个地方的内部，一个我们即使有能力也永远不敢去探索的地方。那不只是其他孩子对一个孩子单纯的埋葬，而是某种虽然令人费解但却真实的东西，像是另一个文明存在的证据。另一个世界。

最后阿尔韦托·阿维拉的计划被采纳。

1995 年 3 月 19 日上午 10 点，我们已经用树枝封住了圣克里斯托瓦尔所有的下水道出口，并且在我们推测出的孩子们所在区域的每个出入口都布置了警力。我们想，意识到自己正被包围必然会让他们在地下聚集起来，就在地道交汇的地方，那是一处拱顶，根据地图显示是五边形。

拉网式搜捕在 11 点半左右开始，那天是我记忆中在圣克里斯托瓦尔度过的最炎热的日子之一。体感温度为三十八度，空气湿度为百分之八十七。那是一个星期四，整个城市正处于繁忙的商业活动中。我们装作市政府的技术员下到下水道里，没有引起任何人的注意。就像平常所发生的那样，在夜晚会引起怀疑的事情在大白天所有人的眼前发生倒不会引起怀疑。我们分成了七组。我们这一组需要在西面的地道中搜查一点五公里，分队由四名警察、一名社会服务部门的卫生员和我组成，有一个小组里有那些孩子的家人：安东尼奥·拉腊是其中之一；巴勃罗·弗洛雷斯领导第四小组，负责搜查整个第一条地道，一直走到据推测我们将找到所有孩子的那个交汇点。如果计划有效，我们将包围孩子们。在那个交汇点有三队警察、两辆社会事务部的厢式货车待命。

抓着铁栏沿着梯子下去时，我感到胳膊上的伤口一阵剧烈的疼痛，我怀着恨意想起了赫罗尼莫·巴尔德斯。那是我第一次进入下水道，尽管味道不好闻，却比预料中好得多，下水道是干的，通风状况比预想中的好，寥寥几只老鼠引发的更多是欢乐而非厌恶。我们是奇怪的生物，看到知道会看见的东西会很兴奋。我们手里拿着手电筒，前额上绑着头灯，但是大多数时间都不需要开灯：光从下水道口照下来，在整个地道中制造出一种奇特的效果，像是被一道舞台灯光斜着照亮一般。侧面的地道（从地图上看，这些地道将我们的地道与其他地道连接成了一个大蜘蛛网）有铁板，透过它们可以看到地面上的街道。在其中一个铁板下面，我们看到了孩子们留下的第一处痕迹：一幅巨大的粉笔画，上面画着一只张开翅膀的小鸟。小鸟的心脏伸出很多血管通到翅膀。

可能这看似不太真实，但正是在看那只鸟时，我第一次问自己那些孩子恨不恨我们。是不是在以一种孩子才有的方式恨着我们。因为我们知道孩子的爱是什么样的，但是对于他们的恨，我们只有基本的了解，常常还是错误的：我们认为他们的那种恨混杂着恐惧，因此也混杂着吸引，或许因此又混杂了爱或者类似于爱的感情，孩子的恨由连通一些感情和另一些感情的通道组成，有某种东西让这些感情向它倾斜。

关于那种感觉，我以各种方式问了赫罗尼莫许多年，但都避免使用"恨"这个词。他从未直接回答过我。不是因为他不愿谈及情感——经验最后让我掌握了让他说出很多事情的套路，即使是在他不想说的时候——而是因为那是一种太过黑暗的东西，我学会了尊重它：求救。我理解孩子们的内心像是有一个求救请求。有人在危险面前停步，请求帮助。一个强大，另一个弱小，但是和成人世界中不同，构成威胁的是弱者，静止不动的是强者。

就是从那里开始的。

从那种感觉开始，在那个确切的地方。

也许瓦莱里娅·达纳斯的纪录片中唯一不容忽视的部分是对我们这二十六个进入那个"秘密城市"的人的访谈。有的人坚持称之为"秘密城市"，那些画面只存在于我们的记忆里。假如我们知道只能看上短短几分钟，我们会不会看得更心一些？我对此毫不怀疑。

我们小组不是最先到达的，我们赶到时，那里至少已经有十个人了，都惊讶得说不出话来。那个五边形的大厅面积约九十平方米，高三米，被从四个下水道口透进去的光照亮。给人的第一印象是神奇。到处都是无数的镜子碎片和嵌在墙上的玻璃碎片，没有明显的逻辑可寻。玻璃瓶身、眼镜碎片和破碎的灯泡让光在不同的墙面之间反射，像是一场盛大的舞会，闪着绿色、棕色、蓝色、橘色的光，但又像一句被译成电码的话。有的玻璃架在一种类似壁龛的东西上，有的嵌在下水道的墙壁上，甚至还有一块蓝色的大玻璃被直接绑在了一个下水道口，在整个地面上投下一片蓝色的阴影。中午12点透进那个大厅的光照亮那些物品的方式肯定和下午3点的光不同。那个发光的句子在一天中一定是变化的，那些交织在一起的彩色玻璃、镜子碎片、放大镜碎片和小瓶子是经过精心设计的，好用来制造特定的形状：在一束反射光里似乎出现了一张脸，另外一束光中却明显是一棵树，一只狗，一个房子……

既然我们那么欣赏人类意识初醒时的那些岩画，那么出于同样的原因，为什么我们不能同样欣赏三十二个孩子在圣克里斯托瓦尔的下水道里建造的这种奇特的发光装饰？如果说，我们的祖先用画出八条腿的方式来逼真地体现马的运动，或者利用岩洞的凹陷来画野牛，那三十二个孩子则是在用更难以触摸的东西，用光装饰他们的墙。所有那些闪闪发光的物件所营造的宁静笼罩着我们，让我们足足沉默了几分钟。我记得当时我多么想一个人待在那个让我觉得神圣的地方。一位女士在一次访谈中给出了一条我永远都会记得的评论，她说最初的惊讶过后，她的内心涌起了一种感觉：所有的光都是被"精心而又愉悦地"制造出来的。无比地精确。愉悦被包含在那个闪光的构造中，就像蛋黄被包裹在鸡蛋里。很难想象那些孩子制造出那一切纯属偶然，就像胡乱把几个单词抛向空中，期待它们落下时就能形成一个故事的开头。在那种光的跳跃中也有快乐，一种明亮、动人的孩童的快乐。

　　赫罗尼莫从不愿意谈及那些玻璃。只有一次，他向我透露他自己曾经摆过几片，在一天中的某个特定时间，不是每一天，他们会做一个游戏，但是他不愿向我解释游戏的内容。在不经意地谈及它时，他暗示我，那个光之殿堂的设计完全是"民主的"。没有人暗中指挥，而是出于对游戏的一种不露声色的、共同的热爱，就像那位女士在纪录片中所言，是一种"愉悦"。访谈中在场者们的其他言论都相互矛盾，有时有点造作。有的人声称那些玻璃在"叮叮作响"。我不记得有这样的事情。大部分玻璃不是挂在墙上而是嵌在墙里的，这就证实了瓦莱里娅·达纳斯的猜测，她说决定那个发光空间形状的是下水道的地形，而不是孩子们的创造力，但是大家都知道瓦莱里娅·达纳斯多么热衷于否认我们的幻术，哪怕是在最基本的叙述中。我第一次听到那个观点时就表示了异议，现在我更不同意了。随着岁月的流逝，对一些事情的回忆已经变得模糊，但与此同时，现在我似乎能更清楚地看到一种图形，类似于一个向一扇门张开的长方形，一个简单的形状，和罗

思科 [1] 在作品里多次重复的图形没有太大区别，似乎是有意创作的。也可能纯粹是由地形因素偶然造成的，但是我难以相信。那个满是镜子、玻璃、铁皮和眼镜碎片的五边形大厅是最容易让人想象到身躯的东西。在那个身躯的内部，就像在子宫里一样，住着那三十二个孩子。这个想法是如此简单，很多时候我都有种被激怒的感觉。

那个地方无论是布局还是高度都不能满足实际需要。那里确实汇集了许多条燃气输送管道和北部地区最重要的发电机，但这既不能解释它的五边形，更不能解释墙上的大量壁龛。许多年里，人们都在猜那个大厅是不是当年修建下水道期间存放材料的一个旧仓库，这至少可以解释那些搁板壁龛。因为我们中的许多人都被那些反光迷住了，甚至都没有看见那些壁龛。那时有（现在也是，因为它们还在那里）三十多个，每个长一米半，深一米。它们充当了孩子们睡觉的地方，看起来很随意。

1　Mark Rothko（1903—1970），美国抽象派画家。

那些小床构成了多么奇特而又精致的共和国。在瓦莱里娅·达纳斯的纪录片里可以看到一张那里的图片，但那是很久之后的事了，因此并没有那三十二个孩子生活过的任何痕迹。一张具有欺骗性的图片，就像所有其他空房子的图片一样。目击者的评论更加真实：有的人把它描述为一个"不规则的蜂巢"，还有人——更为准确地——把它描述为家族陵墓的内壁。其外观确实很像古罗马存放骨灰的壁龛，但也可能是床位，或者铸排机工人存放排版所用字块的盒子。甚至在想到每个壁龛睡一个孩子时，第一反应也是认为那是错觉，因为衣服都混杂在一起，像是属于不同孩子的。其中有些壁龛极难进入，我想象不出他们要如何爬上去才不会摔伤，所有的壁龛中都有零散的物件，他们的宝贝：薄板、石块、甜食、一根曲别针、腰带扣……当时见到的东西现在能记起的很少，在我的记忆里所有的东西都成了一大团。我唯一能肯定的就是那些东西曾经在那里，是被慢慢收藏起来的，饱含着孩子们的愿望。有一次赫罗尼莫曾告诉我，他们很快便不使用钱（我们所用的钱）了，但是他们从未停止过互相交换东西、小物件和宝贝们。也许那些零散的物件实际上是他们的货币。那些孩子从自己的城市逃离时太匆忙了，连钱都扔下了。

　　但是，里面的生活是怎样的？就像有时候一走进一个房子，就可以对生活在里面的人的活动，以及他们的规章和法则产生某种感觉，那个地方似乎也有一个活动的灵魂。这可以从身处某一个地方（比如在管道隔板旁边）时很容易被引入另一个地方（从天棚投射下来的蓝色光斑下面）感觉到。许多年来，每当想起那三十二个孩子居住的那个大厅，我的脑海中立刻就会浮现出一栋我在那里度过了一部分童年的房子，它的布局是圆形的，是一栋位于乡下的老房子，要去餐厅必须——令人费解地——穿过其中一个卧室。我母亲常常抱怨那个格局太荒唐，但不知为何她从未加以改变。现在我想，她不改变它是因为那种布局对于那栋房子来说是最自然的，因此我们最终都适应了它。有的房子把它的住户变成了爬行动物，有的把他们变成了人，也有的把他们变成了昆虫。即使设计那个下水道的建筑师绝不可能想到将会有三十二个孩子生活在其中，但那个地方还是被预先决定了用途，那些孩子最终适应了它强加给他们的勇气。只需微微睁开眼睛然后重新闭上就可以适应黑暗，就可以证实那个大厅实际上就是一个巨大的房间。我们所有人都是通过管道的缺口到达那里的，不需要任何人解释，我们马上就明白了，那个大厅是一个巨大的温暖的房间。一种扩张。那个躯体张开以接待宾客，让他们在抵达时产生了一种幻觉，好像那些水泥墙实际上是有弹性的。

有一次赫罗尼莫向我说起了那个地方的声音。那时他刚满十七岁，正要从少管中心转到一所职业学校，可能会在那里学习木工。他拒绝了家人的探望，申请让我当他的法定监护人。我没想到他会这么做，大为感动，很高兴他们没有当着他的面告诉我，因为我的视线都模糊了。赫罗尼莫已经变成了一个颇为英俊的少年，但是他特别不爱说话，他的沉默不可避免地引起了周围人的敌意。有时他很暴躁，我怀疑他在少管中心的生活应该不太容易，但是他从不抱怨。成为那三十二个孩子之外唯一的幸存者的命运一开始过于沉重，让他早已习惯了孤独，在那三十二个孩子去世四年后，他仍然不被信任。我记得那天我给他带去了一把在小市场发现的小刀，一个有点粗糙的老物件，刀身是少女的形状。我知道不可以给少管中心的男孩送那种东西，但赫罗尼莫不是一个普通的男孩，我同他的关系更是不同寻常。他非常喜欢。他凝视着它粗糙的雕工，仿佛被迷你版的黄铜美人鱼催眠了一般。我记得我们坐在少管中心的一个长凳上，他开始拿小刀往木头上扎。那是他第一次向我说起那个地方的声音。不是我问的他（尽管我已经问过几百次，都没有得到回答），他主动告诉我，有的夜晚，当他挨着其他孩子睡在那些壁龛里时，他似乎能听到一个沙哑的声音在对他说话，是一个怪物的声音。我不记得他的原话了，但是记得那个声音给他留下的印象：他说就像一张没有清晰轮廓的脸，但是嘴巴很清晰，长着精致的长胡子。一张真实的嘴。他还告诉我，其他孩子也听到了那个声音，所有人都很害怕。

它在睡梦中叫醒你，对你说话。我问他说什么，但是他没有回答。我问他，害怕时他们会怎么做，他回答说，聚在一起，互相讲故事。仅此而已。

那种恐惧的暴露彻底打乱了我对那天的记忆。就像某个即将离婚或者去世而他自己当时并不知情的人，我们在回想起曾经如何看着他或者与他互动时，突然感觉记忆中的他的脸充满了明显的信号，我突然记起了那个转变是如何发生的，它就发生在我看到其中一个壁龛旁边用粉笔写着PUTA（妓女）时。四年后同赫罗尼莫谈话时我想起来了。我想起有的影子像是一个孩子的脑袋，有的影子像是在翻找东西。我想起空气中有一种浓烈的酸味，食物腐烂的味道，香烟的味道，为了避免再去看那个词，我再次向上看去，向光看去，试图找回消失在明亮的反光中的某个男孩、某个女孩，一些被美、杂乱、黑暗和奇观震惊的孩子。但是那个词太固执了。顷刻之间我似乎感觉到了一切：我觉得自己看到他们一闪而过，还看到了那个地方沸腾的自由，仿佛那个地方在世界创立之前就已经为他们建好了。我看到事情像游戏一样开始了，也许在其中某个仍然留有玩具碎片的角落里，那些玩具很可能是从某个院子偷的，也可能是从他们自己家带去的。那个人造世界充满了奇迹、启示和友情。我把手放在其中一个壁龛上，证实了那里曾有两个孩子相拥而眠。当时仍能看到他们的身体留下的凹陷以及一个孩子的脑袋斜靠在另一个孩子的背部或者肩膀的痕迹。两个孩子共用那个壁龛，然后睁着眼睛睡着了，目光盯着那些反射出狗、树、房子等形状的玻璃。

但是如果有人写下了"妓女"那个词，那是因为曾有爱存在，一件事情的圆满需要另一件事情的野蛮来成就，我这么想着，试着呼吸。我感觉有必要紧紧抓住那个想法，就像抓住一块木板。如果曾经有爱存在（无论是何种方式），那么就有某种东西完好如初。肉体之爱，同伴之爱，性爱，应该曾经在那里以其原始的、笨拙的、很可能还有诱惑的方式存在过，"妓女"这个词不就是最显而易见的证明吗？我不知道该怎么去想。我感觉自己像是一个将某个贵重物品——戒指，钻石——

落在了海滩沙丘里的人，然后用手指到处搜寻，挖开沙子，特别希望找到它，稍有闪光便以为找到了它，但其实不是。随着时间的流逝，戒指没有找到，必然会责怪自己寻找它，因为正是寻找导致失去，如果没有用手指在沙子里搜寻，它就不会陷入沙里找不回来。那个词语固有的、伤感的表达也侵入了爱的举动，把它变成了某种沉思的、心不在焉的东西。"妓女"这个词让一切都化为乌有，因此我忍不住去执着地窥探它。有那么一个时期——我知道，笃定得令我自己都害怕——孩子们已经在那里了，而墙上还没有写上那个单词。往上看的时候日子应该很慢，但是很充实，汽车从一边驶向另一边（因为汽车从下水道口上经过，使得阴影在整个大厅转动，让那个地方有一种在眨眼的感觉），但是"妓女"这个词让一切化为乌有，一个孩童颤抖着手用西班牙语写下的PUTA，P比U小，A的一条腿有点向里闭合。

或许会有人说我夸大其词。在单词"妓女"上面有个类似于行军床的东西。床上有一个暗影，一个比其他人略高大的人的暗影，几乎是一个少年的高度。还有一双白色的或者曾经是白色的便鞋，一件上面印着几只蝴蝶的绿色粗布背心。（妓女的背心，我想，是那个妓女的鞋子。）单词"妓女"是那些孩子迷失的地方，那个群体溃散的地方。那些孩子想过什么？难道他们只因为是孩子就不会迷失了吗？我们这些成年人若有所思、一言不发地搜查那个地方，上上下下地查看，俯身于一堆堆的衣服、残留的罐头，感受那种已经完全无法避免的悲痛，因为他们失败了，没有任何办法。

有人开始哭起来，是成人在感到失去意义时那种笨拙的哭泣。没有人安慰他，我们大家都陷入了深深的沉思。就在那时我转过身，迎面碰上了安东尼奥·拉腊。他手里攥着一件蓝色的背心，攥得那么紧，我想那一定是他儿子的。

"他们不在。"他说。

但是他没有同我说话。否认是为了不必相信，为了等着现实告诉他：那是谎言。他不是唯一的父亲。在卡萨多广场集会期间失踪的那几个孩子的父母巴勃罗·弗洛雷斯、玛蒂尔达·塞拉和路易斯·阿绍拉也在。他们很容易识别，因为一到那里他就互相寻找，像一个紧密的团体一起行动，在留在壁龛里的那些衣物中寻觅。

"他们不在。"他又说了一遍。然后，一边继续看着我，一边大喊："安东尼奥！！"

他用尽全力大喊"安东尼奥"，一阵空荡荡的沉默冻结了我们所有人的血液。接着他弯下腰，趴在一个只能勉强钻进一只猫的小洞上再次大喊："安东尼奥！！"他身边的巴勃罗·弗洛雷斯则在喊"巴勃罗"，接着一个女人喊"特雷莎"。从那一刻开始三个喊声开始混在一起：安东尼奥，巴勃罗，特雷莎，可能还有别的名字。我自己也开始喊起来。我不相信有人会相信用那种方式就能找到他们，但是叫喊可以产生释放和识别的作用，那是我们的语言，我们的逻辑。我们的喊声像是恐怖的尖叫。我是那时就明白还是后来才明白的？这里有一段奇怪的间隔。可能只持续了几分钟。我们站起身继续寻找，沿着去时的管道出去，又重新进去。他们又开始喊叫。然后又是沉默。一种无奈的、茫然的沉默，像是航天员在太空中所感受到的那种与人类生活无关的寂静。只能听到一种电子计数器的声音，以及汽车从我们头上经过时发出的海洋般的声音。我找了一下安东尼奥·拉腊，发现他坐在那里，用那件背心捂着脸。

看表时我吃了一惊，我们已经在里面待了将近一个半小时，仿佛我们的余生都要在那里待下去，这时阿达德奥·罗克扶着一个壁龛站起来，大声说所有的人必须离开那里，因为他从收音机里得到消息说管道压力出现了异常，可能很危险。没有人表现出勉强。有个访谈中说有几个父母是被拖出去的，但这根本不是事实。甚至，我几乎可以说他们是最早离开的，带着一种缓慢的、犹豫的悲伤，我记得头顶上那四个下水道出口打开时，强烈的光线让我们都捂住了眼睛，就像有一个恶魔夺走了我们忍受阳光的能力。

我是最后一批离开的人之一。几乎所有人都在往回走的时候，突然响起了断裂声。断裂声后是一个紧张的声音，然后是一声哨响，之后是清晰的爆炸声，让大地像鼓面一样颤抖的爆炸声。

埃莱河水并不总是棕色的。在某些阳光特别明媚的日子（我猜也有其他我不知道的原因）会显示出一种美丽的祖母绿色。许多人愿意相信，在圣克里斯托瓦尔的孩子被溺死的那天，河水就是这个颜色，但是我十分确定，当我们以为自己会触电身亡，提心吊胆地沿着下水道出来时，跟在我们身后的是大量棕色的、浓稠的回流河水。埃莱河水就像是大地的流动，根据一个美丽的涅埃传说，有一天，在厌倦了总是看同一种风景后，大地开始行走，于是诞生了河流。

许多人都说听到了那些孩子的喊声。我当时就在那里，但是我不这么觉得。我知道了如今所有人都知道的事情：他们被困在了下面的地道中，他们为了躲避我们而躲在了那里，正是他们，他们的重量使得水闸开裂，河水涌入。他们沿着一个只有四十来厘米粗的管道滑到一个旧仓库里，从那里可以看见我们所在的大厅。他们看见了我们。到现在都很难摆脱那种感觉，孩子们在那段时间里一直一言不发地看着我们的那种感觉。就如同一个人把手拿开很久之后还能感觉到手的压力。也许本来只需安静几分钟就可以听到他们的低语，但是我们太吵了，又是惊奇地感叹，又是焦虑地大喊。我知道有些父母——其中包括巴勃罗·弗洛雷斯——有一次曾声称"感觉到了"那种目光。我不这么觉得。当时我没有感觉到，现在才感觉到，不过这不是一种判断或者延迟，而是一个秘密。一开始这让我感到害怕，后来它发生了改变，直至变成了一种保护性的、感伤的、模糊的目光。有时我甚至会被一种不可能的感觉吓到：感觉看到自己正身处那个地方，惊奇地面对着彩色玻璃的反光，仿佛有那么一刻可以通过他们的眼睛来观察自己。

但孩子们一起溺死在棕色河水里的画面仍然让人难以接受。经过一个星期的调查之后，专家们得出的结论是河水涌入太快，孩子们来不及赶到上一层。他们试图沿着去的路返回，但是入口太窄，水压太大，他们根本无法靠近。法医报告称他们在八到十分钟后死于窒息。埃莱河水首先灌满了孩子们的肺，然后由于渗透作用，又从肺进入了血液循环。无知的我一直以为由窒息造成的死亡发生在窒息的瞬间，不知道真正的原因是水与血液混合之后造成了溶血，导致细胞破裂。细胞破裂的画面困扰了我很久，但是后来终究也消失了，就像生活中曾经困扰过我的许多其他东西：马娅咽下最后一口气时僵直而惊讶的画面，我撞见小姑娘和安东尼奥·拉腊一起坐在咖啡馆聊天的那一天，或者在我妻子去世之后第一次有一个女人对我说她爱我。

即使是在内心最信任的地方，也总有一个抗拒的空间，某些不能坦白的东西，一个集中了我们没有的东西的细微表情或者信号。现在我试图想出圣克里斯托瓦尔市一直没有交给那三十二个孩子的东西，尽管他们在十二月十六日广场上建了一座雕像（极其丑陋，好像做不出更好的了似的）来纪念孩子们，尽管前五年里每年的3月19日报纸上都会准时提及，现在只在每个整数年份的命名日才会提及，尽管有数十份出版物、纪录片、艺术作品中都透露出了愧疚、矫揉造作以及大量的事实。

我并不奇怪赫罗尼莫·巴尔德斯从来不愿谈及那件事，也不奇怪在监狱里待了两三年之后，在一个风和日丽的日子他决定永远消失，然后不知去了哪里。很多时候我曾想，当我在大森林里发现他的时候，他也正在逃离其他孩子，逃跑和暴力就是他们的天性，就像带走遇到的一切是埃莱河的天性一样。然而，有某种东西持续存在着，某种音乐。有时我会在大街上突然听到，当我回家特别晚或者出去散步的时候，我感觉它似乎穿透了大地，穿透了双脚，仿佛那三十二个孩子交流秘密的低语仍在我们脚下颤动。但是后来连那种感觉都消失了。死者以弃世的方式背叛了我们，而我们为了活下去也背叛了他们。

图书在版编目(CIP)数据

光明共和国 / (西)安德烈斯·巴尔瓦著;蔡学娣
译. -- 北京:九州出版社,2024.8. -- ISBN 978-7
-5225-3139-7

Ⅰ. I551.45

中国国家版本馆 CIP 数据核字第 2024357MJ3 号

República luminosa by Andrés Barba

Copyright © 2017 by Andrés Barba

Published in agreement with Casanovas & Lynch Literary Agency through
The Grayhawk Agency Ltd.

All rights reserved.

著作权合同登记号:图字 01-2024-3963

光明共和国

作　　者	〔英〕安德烈斯·巴尔瓦 著;蔡学娣 译	
责任编辑	周　春	
出版发行	九州出版社	
地　　址	北京市西城区阜外大街甲35号(100037)	
发行电话	(010)68992190/3/5/6	
网　　址	www.jiuzhoupress.com	
印　　刷	山东韵杰文化科技有限公司	
开　　本	787毫米×1092毫米　32开	
印　　张	6.375	
字　　数	87千	
版　　次	2024年8月第1版	
印　　次	2024年8月第1次印刷	
书　　号	ISBN 978-7-5225-3139-7	
定　　价	58.00元	